KB128623

더 좋은
날들이
우리에게

더 좋은 날들이 우리에게

초 판 1쇄 2023년 06월 26일

지은이 정명
펴낸이 류종렬

펴낸곳 미다스북스
본부장 임종익
편집장 이다경
책임진행 김가영, 신은서, 박유진, 윤가희, 정보미

등록 2001년 3월 21일 제2001-000040호
주소 서울시 마포구 양화로 133 서교타워 711호
전화 02) 322-7802~3
팩스 02) 6007-1845
블로그 http://blog.naver.com/midasbooks
전자주소 midasbooks@hanmail.net
페이스북 https://www.facebook.com/midasbooks425
인스타그램 https://www.instagram/midasbooks

© 정명, 미다스북스 2023, *Printed in Korea*.

ISBN 979-11-6910-261-2 03810

값 16,800원

※ 파본은 본사나 구입하신 서점에서 교환해드립니다.
※ 이 책에 실린 모든 콘텐츠는 미다스북스가 저작권자와의 계약에 따라 발행한 것이므로 인용하시거
  나 참고하실 경우 반드시 본사의 허락을 받으셔야 합니다.

🐟 미다스북스는 다음세대에게 필요한 지혜와 교양을 생각합니다.

행복한
여자를 위한
80가지
인생 레시피

더 좋은
날들이
우리에게

정명 지음

미다스북스

나는 돈과 성공, 명예를 추구하는 사람이었다. 늘 내게 이런 운들이 따라 주었으면 좋겠다고 생각했다. 하지만 운이 없었던 건지 아니면 게으른 건지 생각만큼 부와 성공을 이루지 못했다. 평범한 나는 늘 이런 것들을 갈망했다.

남들만큼은 살고 싶었다.

나는 워킹맘과 전업맘 사이를 오가며 언제나 쫓기듯 인생을 살았다. 뭔가를 이루고 싶었기에 밤에 잠에서 깨는 날도 많았다. 내게 바쁘고 정신없는 삶은 너무 당연한 일이었고, 이루지 못한 것들에 대한 열망은 나를 자책하게 만들었다.

성공한 친구들은 하나같이 시간이 없었다. 어쩌다 시간을 내는 친구는 퇴직을 했거나 실업 상태거나 어쩌다 시간이 난 친구였다.

나는 오랫동안 해오던 산책을 매일 한 시간씩 했고, 아침이면 신문 두 개를 읽고 짬이 날 때면 글을 쓴다. 아이를 픽업해 학원에 데려다주기도 하고 끝나는 시간에 맞춰 데려오기도 하고 동네 도서관에 가서 책을 빌리거나 반납하기도 한다.

학교 봉사에도 참석하고, 늘 독서를 하고 운동을 하며 두 아이 뒷바라지와, 살림, 그리고 매일 3~4시간씩 글을 쓰는 생활이 내 삶의 전부이다.

정신없고 바쁜 삶은 내가 원했던 멋진 삶이었다.

돈과 성공이 보장된 삶이 주는 쾌적함과 안락함을 갈망했던 나는, 그것이 늘 좋은 삶이라 여겼고 두 아이를 품에 안고 내달리는 엄마 캥거루처럼 앞만 보고 달렸다.

내 인생에 다른 것들은 끼어들 틈이 없었다. 나는 그것을 절대로 허락하지 않았다.

2019년,

어느 가을날, 나는 어느 날처럼 딸아이와 운동을 나갔다.

그날은 딸아이의 대학 발표가 있었다. 오전에 합격했다는 통지를 받았고, 다른 날보다 들뜬 기분으로 오후를 맞이했다.

그런데, 그날 오후 순식간에 내 인생이 360도 변해 버렸다. 기쁨도 잠시, 가속도를 붙여 내려오는 자전거에 치여 시멘트 바닥에 튕겨져 나간 것이다. 지나가는 사람들이 순식간에 몰려들었고 순간 정신을 차려 보니 병원의 응급실이었다.

나는 삶의 우선순위를 다시 재배열해야 했고, 그날 이후 모든 것이 달라졌다.

내 삶에 일어나는 작은 것들, 하찮은 것들, 눈에 보이지 않은 것들이 내 눈 안에 들어왔다. 그동안 집착했던 돈과 성공은 신기루 같은 것들이었다. 나는 오직 살게만 해달라고 기도했다.

몸과 마음이 회복될수록 삶은 경건해진 경이로움으로 가득 찼다.

그동안 미처 깨닫지 못한 것들, '살아 있음에 대한 감사함'이 물밀듯이 밀려왔다.

질주하는 자동차 같은 삶을 내려놓고, 무언가 꼭 이루어야 한다는 강박도 내려놓았다.

느릿느릿 리어카 같은 삶이 한동안 이어졌다. 아침에 늦잠을 자도 낮잠을 자도 커피를 느리게 마셔도 죄책감이 밀려오지 않았다. 집안이 엉망이 되어 있어도 괜찮았다. 멍 때리고 있어도 마음이 편안했다.

더 이상 아무런 자책도 내게 하지 않았을 때, 나는 그때야 비로소 자유로움을 느낄 수 있었다. 그리고 나에게 "괜찮아, 더 좋은 날들이 우리에게 올 거야."라고 말해 줄 수 있었다.

비가 와도 눈이 내려도 괜찮아.

바람이 불어도 괜찮아. 더 좋은 날들이 우리에게 올 거야.

새롭고 특별한 이 변화, 삶이 경건해지는 이 변화를 혼자가 아닌 많은 이들과 나누고 싶었다.

이 책이 나오기까지 길잡이 역할을 해주신 미다스북스출판사, 편집자 박유진 님에게 고마운 마음을 전합니다.

그리고 독자님에게도 감사의 마음을 전합니다. 이 책의 어느 한 페이지에서라도 위로를 받아가세요. 삶이 변화될 것입니다. 모두 사랑합니다.

2023년 6월

정명

목차

part 3. 특별한 관계란, 나를 먼저 사랑하고 너를 사랑하는 것

part 4. 너의 이야기에 귀 기울이는 감사한 계절들

part 1

영

탐탁지 않은

날들이야

1.

'나'로서 살아가라

나는 남의 삶이 아닌 내 삶으로 살아가고 있다.

느릿느릿 걸어가지만 잘 걸어가고 있다.

나로서 살아가라.

희생만이 기쁨이었던

내 사랑은

가장 경계해야 할 사랑이었습니다.

인내만이 최선이라 믿었던

내 사랑은

가장 조심해야 할 사랑이었습니다.

자신을 온전히 내려놓고
상대를 위해 희생하는 사랑이
진실한 사랑이라 착각하지 마십시오.

나로서 살아갈 때
나로서 사랑할 때

사랑이라는 이름은 꽃이 핍니다.

                    — 정명, 『안녕히 가세요, 아버지』中

대기만성형이란 어떤 사람일까. 아마 나같은 사람이 해당되지 않을까 싶다.

초등학교 6학년 수업시간이었다. 미래의 꿈에 관한 수업이었는데 담임 선생님은 한 명 한 명 앞으로 불러 세워 어떤 사람이 되고 싶은지 발표해 보라고 하셨다.

"넌 어떤 사람이 되고 싶지?"

"넌 꿈이 뭐야?"

나는 한 치의 망설임도 없이 "제 꿈은 작가입니다."라고 대답했던 기억이 난다.

내가 좋아했던 담임 선생님은 미소를 짓더니 이렇게 말씀해 주셨다. "그래 나중에 유명한 작가가 되어야 한다."

지금 내 나이가 오십을 훌쩍 넘었으니 아마 담임 선생님 나이는 70 중, 후반 할아버지가 아닐까 짐작된다.

시골 소녀의 열망이 가 닿은 걸까. 무엇에 이끌리듯 글을 쓰기 시작했고 어쨌든 작가의 꿈을 이루어냈으니 나는 분명 대기 만성형이다.

전업맘과 워킹맘을 오가는 사이, 나는 많은 돈을 벌고 싶었다.

세상 살면서 돈 욕심 없는 사람이 어디 없겠냐만 남들 사는 만큼은 살아 보고 싶었다.

하지만 공들인 시간과 노력에 비해 돈은 따라주지 않았고 평생 돈이 따라주지 않으면 어쩌나 하는 불안감에 시달릴 때도 있었다.

첫 에세이 『마음이 아픈 날엔 서점에 간다』가 나왔을 때 내겐 많은 일들이 일어났다.

그 경이로웠던 순간들을 아직도 잊을 수가 없다.

그중 어느 한 독자로부터 메일을 받았다.

"작가님의 글을 읽고 내 인생이 달라졌습니다."

"감사합니다."라는 내용이었다.

여러 블로그에 내 책이 좋다는 내용이 올라왔고, '꼭 한 번쯤 읽어 보라'는 내용도 올라왔다.

평범한 내가 사람들에게 보이지 않은 영향력을 실천하고 있었다.

내 책을 읽고 변화가 생겼다는 사람, 희망을 얻었다는 사람, 독서를 많이 해야겠다는 사람, 더 열심히 살아야겠다는 사람도 있었다. '베스트 셀러' 책이 아님에도 불구하고 내게 보내주는 독자들의 격려의 힘은 이번에 두 번째 책을 낼 수 있었던 원동력이었다.

책 쓰는 사람들은 대단한 사람, 고학력의 스펙자, 출세하고 돈 많은 사람이라는 편견은 사라지고 화려한 말발과 글이 아닌 담백하고 진솔한 이야기만으로도 진실은 전달되었다.

사람들이 갖고자 하는 욕망, 돈, 부, 명예, 출세에서 한 발짝 떨어져 보니 사람들에게 희망이 되는 소박한 삶도 가치 있다는 걸.

남들에게 보이는 것을 내려 놓고 자신으로 스스로 살아갈 때

전혀 의외의 곳에 변화되는 인생을 맞이할 수 있다고 확신한다.

길가에 핀 꽃을 본적이 있는가.

빨리 피면 빨리 시들어 버리는 이름 모를 꽃들

사람들은 빨리 핀 꽃만 대단하다고 여긴다.

늦게 핀 꽃에겐 핀잔을 준다.

느려터졌다고,

게으르다고.

굼벵이 같다고.

그 느려 터지고 게으르고 굼벵이 같은 사람은 바로 나다. 하지

만 나는 남의 삶이 아닌 내 삶으로 살아가고 있다. 느릿느릿 걸어가

지만 잘 걸어가고 있다.

2.

꽃 사는 남자

세상은 변해 가는데 리모컨과 함께 변하지 않는 남자에게서
방향을 틀어라. 리모컨이 마술처럼 획 사라지도록.

어떤 남자가 꽃을 사고 있었다. 20대 후반쯤 돼 보이는 그 남자
가 꽃향기를 맡는다.

"요즘은 어떤 꽃이 좋아요?"

"네, 요즘은 아무래도 백합이 좋죠."

꽃에게 연신 눈길을 주며 '예쁘다'는 감탄사도 빼놓지 않는다.

그 모습이 너무 생경해 꽃보다 그를 쳐다보면서 백합꽃을 한 다
발 안고 나가는 남자의 뒷모습을 하염없이 바라보았다.

그 남자는 우리 집 남자와 분명 달랐다. 우리 집 남자는 행여 내
가 꽃을 사가 식탁 위에 꽂아두면 꽃잎이 떨어져 식탁 밑이 지저

분해 보인다며 내게 핀잔을 주는 남자였다.

남자가 집안일을 하면 망하는 시대가 있었다. 주방에 들어오거나 기웃거리거나 주방에서 설거지라도 하면 할머니나 엄마가 뛰어 나왔다.

"사내대장부가 어디 할 일이 없어 이곳을 서성이냐?"라며 등짝을 사정없이 후려갈기던 시절이 있었다. 세월은 변해 지금 남자가 아무것도 하지 않고 밥만 먹는다면 오히려 등짝 스매싱을 당할 시대를 살아가고 있다.

친구 남편은 은행 퇴직 후 5년째 전업주부로서 훌륭하게 살고 있다. 살림하는 재미에 푹 빠진 친구의 남편은 여느 주부들과 똑같은 삶을 살고 있다.

부식거리를 사오고, 반찬을 만들고, 집안 살림을 거들고, 각종 공과금을 내고, 은행 일을 보고, 세탁소에 세탁물을 맡기고.

어머니를 모시고 병원에 다녀오고, 와이프를 태우러 가고, 꽃을 사다가 꽃병에 꽂고, 아이들 심부름을 하고, 주말마다 교회에 나간다.

생소한 전업주부로 돌아가 그 많은 일들을 해내면서 주부들이 하는 일에 대한 노고와 노동을 높이 평가했을 때 사실 나는 부끄러웠다.

나 역시 많은 집안일을 해내고 있지만, 내가 하는 일에 대한 가치와 자부심을 높은 점수로 평가하지 않았기 때문이다.

장미꽃이 그려진 앞치마를 목에 걸고 나와 현관 앞에서 아내를 맞아주는 남편의 모습이란, 능력이 없어서가 아니라 능력이 있기 때문에 하는 것이다.

우리는 부엌에 들어오면 큰일이 난 게 아니라, 안 들어오면 큰일이 나는 시대를 살아가고 있다.

요리 하나도 못 하는 남자보다 요리를 잘 하는 남자가 섹시한 남자로 대접받고 있다.

막중한 노동력을 발휘해야 하는 곳에서 살림에 동참해 주는 남자는 부부와 자녀와 한 차원 더 높은 관계 속으로 진입한다.

리모컨을 돌리는 남자가 말한다.

"요즘 여자가 하는 일이 얼마나 돼?"

"다 기계가 하지."

세상은 변해 가는데 리모컨과 함께 변하지 않는 남자에게서 방향을 틀어라. 리모컨이 마술처럼 휙 사라지도록.

그 결과는 아주 멋지다.

3

나눔에 대해서

나눔은 나 자신을 위해서 사회를 위해서 기쁨으로 돌아오는
멋진 일이다.

존 러스킨은 이렇게 말한다.
"소유가 늘 때마다 근심도 늘어간다."

물건 나눔을 해 본 적이 있는가.

나눔을 한번 경험하고 나면 우리가 생각하는 것과 다른 한 차원
높은 신세계가 열린다.

분명 이전과 다른 자신을 만날 것이다. 물건을 누군가에게 기부
한다는 것은, 기분이 좋아지는 것을 넘어 더 높은 차원의 감정과
마주하게 되는데 그것은 바로 '기쁨'이다.

나는 쓰지 않은 물건을 우연한 기회에 내놓은 적이 있다.

큰맘 먹고 장롱 정리를 하면서 아낀다고 묵혀 둔 옷 몇 벌과 이불이었다.

아마 나눔을 하지 않았다면 모르긴 몰라도 영원토록 장롱에 묵혀 있을 옷들이었다.

처음엔 정신 나간 행동이 아닐까 생각했다.

요즘 같이 풍족한 시대에 누가 남의 옷을 입고 남이 쓰던 이불을 쓴단 말인가. 하지만 내 착각은 기우였다. 얼마의 시간이 지나자 나눔을 받고 싶다는 몇몇 사람의 채팅이 들어왔다.

아끼던 코트에게 재킷에게 수선화가 그려진 스커트에게 굿바이 작별 인사를 해야 할 때가 온 것이다.

약속 시간을 정해 나갔고 만나기로 한 장소에서 한 사람을 만났다.

나보다 10년은 더 어려 보이는 여자였다.

그녀는 내게 허리를 굽혀 정중히 인사했다. 그리고 이렇게 말했다.

"이렇게 좋은 물건을 주시다니요?"

"정말, 감사합니다."

물건에 대한 집착과 미련, 움켜쥐고 내놓지 못하는 마음은 스스로를 좀 먹게 한다.

덜어내지 못하는 마음도 스스로를 좀 먹는다.

물먹는 하마는 장롱 속에만 둘 게 아니라, 우리 마음 안에도 두어야 한다. 버리자니 아깝고 쌓아두자니 스트레스가 되는 물건이 있다면 필요한 누군가에게 나눠 보자.

평생 썩히는 것보단 낫다.

죽어도 10원짜리 한 장 내놓지 못하는 사람과 당신은 달라야 한다.

나눔은 나 자신을 위해서 사회를 위해서 기쁨으로 돌아오는 멋진 일이다.

4.
_____

사는 동네가 어디시죠?

우리는 상대에 대한 이해가 깊어지기도 전에
사적인 질문을 쏟아낸다.

지극히 사적인 질문은 사람을 당혹시킨다.

살면서 우리는 이런 질문으로 인해 상처 받을 때가 있다.

며칠 전 우연히 길을 걷다가 발견한 고가구점에 무언가에 홀린
듯 들어섰다.

평소에 꿈꾸던 책상을 발견한 것이다. 내가 늘 꿈꾸던 책상이란
직사각의 기다란 책상, 친구들을 초대해 담소를 나누고, 형제를
불러 모아 식사를 하고, 동네 지인과 술 한잔을 하면서 이야기를
나눌 수 있는 그러니까 수다를 막 떨 수 있는 테이블이었다.

저쪽에서 젊은 사장님이 걸어왔다.

그리곤 내 위아래를 쓱 훑어보더니 이렇게 물었다.

"사는 동네가 어디시죠?"

그 순간, 내가 잘못 알아들었나 착각했다. 그런데 또 한 번 그가 물었다.

"사는 동네가 어디시냐고요?"

젠장, 보지 말아야 할 가격표가 눈에 들어오고야 말았다.

그러니까 한 줄로 요약해 보자면 이런 것이다.

'보아하니 네 꼬라지가 이런 물건을 살 능력이 안 되어 보이는데 이걸 사겠다고 지금 사장인 나한테 묻는 거야?' 하는 뉘앙스였다.

'그날 밤 나의 가난은 개새끼였다.'

며칠 전 재미있게 본 〈재벌집 막내아들〉의 대사가 불현듯 떠올랐다.

서울의 한복판은 다양한 사람이 어우러져 산다.

또 서울엔 돈 많은 사람도 많다. 나는 몇 군데의 나라를 여행해 보았지만 서울 사람들만큼 예의 바르고 친절한 사람은 만나 보지 못했다. 숙제 검사를 마치고 돌아선 아이를 혼내는 선생님처럼 나를 당혹케 하는 질문에 이렇게 묻고 씁쓸히 나왔다.

"사는 동네를 왜 물어보시죠?"

"그게 이 테이블과 연관이 있나요?"

우리는 상대에 대한 이해가 깊어지기도 전에 사적인 질문을 쏟아낸다.

어느 동네에 사는지? 무슨 차를 타는지? 어느 회사에 다니는지? 연봉은 얼마나 되는지? 아이는 몇인지? 자가인지? 묻는다.

오늘 당장, 당신 집 숟가락이 몇 개인지 알아내고야 말겠단 마음으로 상대를 곤란하게 한다.

질문은 하는 사람에 따라 듣는 사람에 따라 달라야 한다.

사는 동네가 좋다면 구매력도 좋을 것이다. 하지만 그것이 전부가 될 수는 없다. 하여튼 그 테이블은 끝내줬다.

5.
_____

자책하지 말자

삶의 초점을 상대에게 맞추기보다 내게 맞추고

남의 욕구를 알아차리기전에 내 욕구를 알아차리고 채워줄 때

스스로 자책하지 않는다.

나 자신을 잘 다스려 보고 자책하지 않겠다고 '유튜브'의 영상들을 찾아다닌다.

목소리가 좋아 가끔 틀어 놓고 듣게 되는 정신과 의사 '정우열' 선생님은 '자책의 위험성'에 대해서 다음과 같이 말한다.

"'자책'이라는 것은 나를 탓하는 행동입니다. 어떻게 보면 내 생각인 거 같지만 사실은 '감정'에 의해서 움직여요. 실제로 우울증일 때 자살도 많지만 극단적으로 가면 타살이에요. 분노 조절이 안 돼서 올라와서 남을 향하는 것은 타살, 나를 향해서 극단적으

로 가는 것은 자살이에요."

내 마음대로 상황이 굴러가지 않을 때, 도전한 일에 실패했을 때 나를 위로하고 격려하는 일보다 더 먼저 한 일은 자신에 대한 '자책'이었다.

아무리 부인하고 싶어도 어쩔 수 없는 일들은 일어나게 마련이란 사실을 알게 되기까지 긴 시간이 걸렸다.

쿠션에 코를 박고, 씩씩거리며 소리를 지르고, 세상이 떠나갈 것처럼 후회를 했다.

평범한 인간이 특별한 인간이 되어 보겠다고 발버둥을 쳤으니 어쩌면 당연한 결과인지도 모른다.

스스로에 대한 자책을 할 때, 대부분의 사람은 사람과 상황을 참아내거나 감정을 억눌러야 할 때 찾아온다.

나 같은 경우엔 내가 마음을 다 줬던 사람에게서 받은 상처를 어떻게 극복할 수 없어 상처의 칼날을 내게 드리운 결과 찾아온 감정이었다.

친절을 베풀었던 이웃들에게, 잘하려고 하면 할수록 멀어지는 동료들에게, 내 배려를 상추쌈 먹듯이 쉽게 해치우는 배우자에게도 자책이라는 감정은 그들을 향했다.

그러나 우리는 인정하고 싶지 않겠지만 우리 마음 안의 회복의 열쇠는 바로 나 자신임을 알아야 한다.

삶의 초점을 상대에게 맞추기보다 내게 맞추고 남의 욕구를 알아차리기 전에 내 욕구를 알아차리고 채워줄 때 스스로 자책하지 않는다.

6.
___

적절한 거리두기는 관계의 피난처이다

좋은 사람이 되고 싶다는 이유만으로, 강박적인 yes를 말하거나
원치 않은 일을 해야 한다면 그것은 자신을 속이는 행위다.

가톨릭의 수녀 원장이자 노벨 평화상 수상자인 '마더 테레사'는
이렇게 말한다.

"다른 사람들을 평가한다면, 그들을 사랑할 시간이 없다."

나는 한때, 사람들에게 많은 노력을 퍼붓고 살았다. 지금도 그
성격을 버리지 못해 종종 오지라퍼라는 소리를 듣고 산다.

내 마음속 어딘가 무의식의 깊은 곳에서 '인정받고' 싶다는 욕구
가 있는 모양이다. 살다보면 사람 관계라는 것이 잘 풀리지 않을
때도, 잘 풀릴 때도 있는 법인데 불편한 관계를 싫어하는 천성적
인 성격은 남보다 더 많은 노력을 하게 만든다.

사람 마음을 들여다보는 현미경이 있다면 아마 내 마음은 얼음이 녹아내린 물로 다시 얼려진 얼음 같은 마음이리라.

타고난 '오지라퍼' 성향은 결혼 후에도 이어졌다.

굳이 메지 않아도 될 총대를 혼자 메곤 했다.

그 누구도 제안하지 않은 시댁 여행을 혼자 말한다거나,

그래서 모든 비용을 짊어지고, 그 누구도 제안하지 않은 외식을 가자고 해서 혼자 모든 비용을 냈다.

또 이런 경험도 있었다.

어느날 지인이 전화를 걸어와 다음날 등산을 가자고 했다.

전화를 받은 그 당시 컨디션은 최악이었고 몸살 기운도 있었다.

그런데 또 거기서 '오지라퍼' 특유의 행동을 하고 말았다.

"그래 갈 수 있어, 가 보자니까."

저녁에 집으로 돌아온 후 몸살 기운은 심해졌고 내 감정은 끝내 폭발하고 말았다.

내가 관계에 발휘했던 최상의 것들이 최악이 되어 돌아왔을 때 타인 중심적 내 성향은 나를 가두어 버린다.

좋은 사람이 되기 위해 아무 때나 웃고 아무 때나 yes를 말하고 아무 때나 좋다고 말하는 내게 'G허버트'는 이렇게 말한다.

"아무 때나 웃지 말라. 지혜로운 자는 상황에 맞게 웃는다."

정말로 좋은 사람은 나 같은 사람이 아니다. 정밀로 좋은 사람은 no라고 말해야 할 때 no를 말할 수 있는 사람,

모를 때 정말 모른다고 말할 수 있는 사람이다.

좋은 사람이 되고 싶다는 이유만으로, 강박적인 yes를 말하거나 원치 않은 일을 해야 한다면 그것은 자신을 속이는 행위다.

'오지라퍼'라면 이런 일을 겪을지도 모르겠다.

싱크대 앞에서 울거나 홀로 사무실에 남아 불을 끄거나 몇 년간 모은 돈을 홀라당 애인에게 바쳐 버리거나 모두 no를 하지 못해 발생한 오지라퍼들의 슬픈 일들.

지금의 나는 이렇게 말한다.

'죄송하지만 안 돼요.', '이번엔 힘들 것 같아요.',

'그 일은 제 일이 아니에요.', '그런 말씀은 삼가해 주세요.', '그런 돈 없어. 딴 데 가서 알아봐.', '어머니, 험담은 서로에게 안 좋아요.'

적절한 거리두기는 모든 관계의 피난처이다.

7.

유부녀, 그녀들만의 수다

유부녀들,

그녀들의 수다는 이제 자신에게 돌아와 해답을 찾는 시간,

자신이 누군지 모르고 살아오다 이제는 자신을 알아갈 시간,

스스로에게 넉넉한 친절을 베풀어 대접을 해 줘야 할 시간이다.

2년 만에 만난 친구들에게서 스펙터클한 일들이 일어난다.

화산과 대장간의 신인 그리스 신화에 나오는 헤파이스토스 (hephaestos)의 신발이야기처럼 우리는 황금 구두가 아닌 운동화를 신고 모였다.

우리의 대화 주제는 과거와 많이 달라지고 있다.

예를 들어 2년 전 대화는 대략 이런 것들이었다.

집을 샀다가 팔았는데 그 집이 몇 배가 올랐다, 남편 퇴직이 얼

마 남지 않아서 미래가 불투명하다, 아들 어학연수를 보내야 할지 말아야 할지 고민이다… 등이었다.

그런데 2년 만에 다시 만난 친구들의 대화는 이런 내용이었다.

눈이 침침해서 앞이 안 보인다.

그래서 매일 아침 찐계란 두 개를 먹고 있다, 한쪽 귀가 들리지 않는다. 그래서 보청기를 끼워야 할지 고민 중이다. 며칠 전 여행을 갔다가 다리를 접질렀다. 그래서 물리치료 받느라 고생이다.

오십견이 왔다. 한쪽 팔을 들 수가 없다.

오십대 중반 네 여자의 공통점은 모두 건강과 관련이 있는 점.

무얼 먹는지, 어떤 게 좋은지.

또 하나의 공통점은 모두 폐경을 맞아 더 이상 아이를 낳을 수 없다는 점이었다.

몸에 대해서 많은 대화를 나눌수록 몸은 신비롭고 경외롭다.

이 나이쯤 되면 자신의 건강에 맹신하거나 자신하는 사람보다 걱정하거나 우려한다.

네일 아트 잘하는 가게를 추천하거나, 머리 잘 자르는 미용실을 추천하기보다 무얼 먹어야 건강하게 늙을지, 병원에 덜 갈지 이런 대화로 꽃을 피운다.

몸이 정신과 연결되어 있다는 사실을 잊어버리고 두통이나, 불면증은 현대인이면 누구나 겪는 증상이라고 생각했다. 하지만 그것은 잘못된 신념이다.

몸을 불편하게 만드는 잘못된 습관은 삶의 질을 떨어뜨린다.

2년 후 우리는 어떤 대화를 나눌까.

흔들리는 치아나 빠지는 머리카락, 하나씩 생기는 노인성 점들에 대해서 이야기할 것이다.

유부녀들, 그녀들의 수다는 이제 자신에게 돌아와 해답을 찾는 시간, 자신이 누군지 모르고 살아오다 이제는 자신을 알아갈 시간, 스스로에게 넉넉한 친절을 베풀어 대접을 해 줘야 할 시간이다.

8

잘못된 키스를 하는 사람들

서로를 아프게 하지 않고,

한 사람이 많은 것을 책임지게 하지 않고,

한 사람을 울게 하지 않는 것이다.

나는 가끔 어렸을 때 읽었던 공주 나오는 동화를 떠올리며 나만의 방식으로 각색해 보곤 한다.

인어공주나 잠자는 숲속의 공주, 엄지공주나 신데렐라, 피오나 공주가 나오는 슈렉 등의 이야기를 내 마음 가는대로 각색해 보면 의외의 재미가 있다.

우리가 흔히 아는 백설공주 이야기, 백설공주에게 냅다 키스를 갈겨버리는 왕자에 대한 생각을 한다.

내가 만약 눈을 떴을 때 내 스타일이 아닌 왕자라면 눈을 감아야 할지 떠야 할지 생각해 보는 것이다.

잘못된 키스를 하는 사람들이 있다.

외부적인 요인이 아니라 순전히 자신의 착각으로 잘못된 키스를 하다가 인생이 꼬여 버린 공주 이야기는 지금까지 없었다.

사랑이란,

자기 연민에 빠질 수 있다.

불꽃처럼 강렬하게 타오른 감정이 실은 사랑이 아니라 자신을 향한 연민임에도 인생을 갉아먹는 사랑에 빠지는 잘못된 키스를 하는 것이다.

대부분의 사람들이 안정적으로 이어가는 사랑을 배우지 못한 것처럼 나의 사랑도 잘못된 키스로 인한 사랑이었다.

사람에게 상처받거나 관계가 어긋나 버리면 사랑이 너무 버거워 도망치곤 했다.

결혼한 사람들은 농담 삼아 남자는 다 '그놈이 그놈이야.'란 말을 자주 하곤 한다.

배우자에 대한 표현도 그렇게 한다.

나 역시 그들의 말에 동조하거나 고개를 끄덕이며 맞장구를 칠 때도 있었다.

하지만 그 말은 사실이 아니다.

처음 남편을 만났을 때 그 남자에게 잘 보이고 싶어 그가 보내는 신호에만 신경 썼다.

내 인생에 들어오는 그 사람에 대한 나의 신호를 무시했다.

중요한 것은 그 남자의 삶이 아니라 내 삶이었다.

내 욕구와 바람, 내 기대와 욕망, 내 가치관과 신념을 알아차리며 그의 기준이 아니라 내 기준을 살펴야 했지만 나는 모든 것을 허용해 버렸다. 인생을 함께해도 좋을 사람은 그저 그런 사람이 아니다. 대충 맞춰서 키스하는 사람들이 아니다.

서로를 아프게 하지 않고, 한 사람이 많은 것을 책임지게 하지 않고, 한 사람을 울게 하지 않는 것이다.

혹 지금 잘못된 키스를 하는 중이라면 마음의 고고학자를 찾아나서야 한다.

그것은 바로 우리 자신이며 자신의 마음이다.

9.
_____

삶의 매 순간을 초보 서퍼처럼

양동이를 머리에 이고 우물 속으로 깊이 들어가
매일 밤 걱정했던 나에게 지금 필요한 것은,
매 순간을 초보 서퍼처럼 즐기는 일.

작가 서머싯은 말한다.

"내가 책을 읽을 때 눈으로만 읽는 것 같지만 가끔씩 나에게 의
미가 있는 대목, 어쩌면 한 구절만이라도 우연히 발견하면 책은
나의 일부가 된다."

'삶의 매 순간을 초보 서퍼처럼.'

침대에 등을 대고 앉아 있으니 맞은편에 붙여둔 저 글귀가 눈에
들어온다.

며칠 전 책을 읽다가 눈에 들어온 짧은 글귀가 꽤 강렬하게 다

가왔다.

우리에겐 자신에게 익숙한 것들을 제외하고 새롭게 일어나는 일들에 대해 머리를 이리저리 굴리느라 인생을 즐기지 못한다.

미래에 대한 걱정이나 불안, 자식에 대한 집착과 걱정으로 대부분의 사람은 지금 즐겨야 할 일들을 뒤로 밀쳐두는 것이다.

나 역시 이미 지나간 일이나 일어나지 않을 일들에 대한 불안, 또 누군가를 돌보거나 무엇이 필요한지 욕구를 알아차리느라 인생의 많은 시간들을 즐기지 못하고 허비해 버렸다.

며칠 전 뉴스를 보다 TV에 나오는 배우 유아인을 걱정하자 딸아이는 이렇게 말했다.

"엄마, 세상에서 제일 쓸데없는 걱정이 연예인 걱정이야."

퇴직후 남편은 무얼 하고 살까.

연금은 얼마나 나올까? 그 돈으로 생활할 수 있을까?

아이들은 어떡하지? 배우자를 잘 만날 수 있을까?

양동이를 머리에 이고 우물 속으로 깊이 들어가 매일 밤 걱정했던 나에게 지금 필요한 것은, 매 순간을 초보 서퍼처럼 즐기는 일.

그냥 즐겨

신이 허락하신 일이야

스위치를 꺼

걱정을 꺼

그냥 올라타

초보 서퍼처럼

그냥 떠내려가

니가 걱정하지 않아도

화낼 사람 없어

그러니 그냥 즐겨.

– 정명, 「모두가 잠든 밤」

10

초대하지 말아야 할 사람

그녀의 미래가 어떻게 될지는 관심 없지만,

적어도 내 미래는 짐작할 수 있다.

내 미래는 변해 가고 있다.

지난 토요일 오후, 막바지 원고 작업에 매진하고 있을 때였다.

"오, 말도 안 돼!"

"네가 글을 쓴다고."

"야, 아무나 작가 하니?"

그 지인과 나는 작은 아이가 초등학교 4학년 때쯤 만났으니

거의 10년의 인연을 맺은 꽤 각별한 사이다.

우리는 간혹 만나서 밥을 먹고 차를 마시며 세상 돌아가는 이런

저런 이야기를 나누었다.

가끔은 같이 백화점 쇼핑을 하며 아이들의 옷도 고르고 남편 옷도 골라주며 친근한 관계를 유지해 왔다.

가끔은 유별난 그녀의 성격이 나를 실망시킨 적도 있지만 그래도 좋은 사람이라며 그녀와 오랜 시간을 함께했던 것 같다.

그런데 그런 그녀가 나를 당황스럽게 하는 말들을 내뱉는가 하면 해서는 안 될 시기까지 하고 있다는 걸 알게 되었다.

익숙한 상대에 대한 관심을 끊어 버리는 것도 예의가 아닐 것 같아 그녀를 멀리 떨어져서 보게 되었다.

따로 기억해둔 생각의 냉장고가 있는 것도 아닌데 문득 스쳐 지나가듯 그녀가 했던 말들이 떠올랐다.

"그깟, 몇푼이나 한다고."

"너보단 내가 낫지."

그녀를 만나고 집으로 오는 길, 나는 나의 인생이 변해감을 느낀다.

그녀의 미래가 어떻게 될지는 관심 없지만, 적어도 내 미래는 짐작할 수 있다. 내 미래는 변해가고 있다.

우리는 누구나 처음, 사람을 만날 때 친구로 만난다.

나이를 불문하고 성별을 불문하고 세대를 불문하고 친구로 만난다.

그리고 그 관계를 발전시켜 나가기 위해 보이지 않은 신뢰를 쌓는다.

시간을 들이고 정성을 들이고 돈을 들이고 그 모든 것은 하루아침에 이루어지는 것들이 아니다.

당신 주변에서 초를 치는 친구가 있는가.

불평하고 비난하고 원망하고 힘들 때마다 위로는커녕 훼방을 놓는 사람.

그런 사람은 당신 인생으로 들어와 독을 뿜어내는 초대하지 말아야 할 사람들이다.

작가 토니 모리슨은 말한다. "당신이 날고 싶다면, 당신을 짓누르는 나쁜 것들을 과감히 버려야 합니다."

인생을 살면서, 친구를, 동료를, 선배를, 부모를, 형제를, 잘 만나는 것도 큰 복이다.

그래서 우리는 그런 사람을 귀인이라 부른다.

모든 것에 손뼉을 쳐 줄 순 없지만, 적어도 당신 인생에 훼방을 놓지 않은 사람을 당신 인생에 초대하기를.

11.

_____

아무것도 하지 않을 권리

해결책이 떠오르지 않을 때, 아무것도 하지 않는 것.

그것이 해결책이다.

아무런 해결책이 떠오르지 않을 때 아무것도 하지 않는 것이 해결책이라고 말해 주고 싶다.

나 같은 경우 시댁이나 자녀와의 일이 꼬일 때 스트레스를 일으키는 생각을 멈추고 효과적으로 해결할 수 있는 방법은 아무것도 하지 않는 것이다.

전에 같은 회사에 다녔을 때 친하게 지낸 두 살 아래 후배는 내게 전화를 걸어와 남편과 싸움이 나면 종종 연락 없이 잠수를 탄다는 내용이었다.

이럴 때도 효과적인 방법은 아무것도 하지 않는 것이다.

남편을 끝까지 파고들면 2가지 감정과 마주한다.

편안한 감정과 불편한 감정이다.

내 안에 있는 화를 다스리지 못한다면 불편한 감정이 오고 그냥 그대로 두면 편안한 감정과 마주한다.

나는 화와 관련해 훈련이 덜 되었다는 생각을 한다.

생각의 늪에 빠져 씩씩거리는 화라는 감정을 다스리지 못해 작은 방해물에 걸려 넘어진 적이 있다.

마치 오랫동안 불행을 학습한 사람처럼 제멋대로인 감정에 압도당한 것이다.

수시로 변덕을 부리는 우리의 기분과 감정에 같이 맞장구 칠 필요가 없다.

우리를 화나게 하는 배우자나 자녀를 위해 우리 감정을 쏟아낼 이유가 없다.

새로운 해결책이 떠오르지 않을 때, 때론 아무것도 하지 않는 것.

그것이 해결책이다.

12.

괜찮은 이웃이 되어주자

서로 어우러져 잘 살아가라고 신은 우리에게 이웃을 보냈다.

네모난 아파트엔 무슨 일이 생길까.

벽 하나를 사이에 두고 팡팡 터지는 팝콘 같은 소리들.

며칠 전 이사 온 옆집도 마찬가지다.

보고도 믿기 힘들 만큼의 큰 개를 가슴에 품고 인사를 왔다.

"얼마 전에, 이사 온 옆집입니다."

"잘 부탁드립니다."

사납게 울어대는 개소리 때문에 놀란 나는, 후들거리는 두 다리
에 힘을 주었다.

그리고 거실로 돌아온 후 소파에 털썩 주저앉고 말았다.

벽 하나를 사이에 두고 그 집과 우리 집의 보이지 않은 신경전

이 예상 되어 있다.

가슴에 품고 온 사나운 개소리의 울음을 어떻게 참아낼까.

또 얼마 전 이사 온 403호는 신혼부부라며 서명을 해달라고 올라왔다. 리모델링 공사를 해야 하는데 소음이 나도 양해를 부탁한다며 20리터짜리 쓰레기 봉투 한 장을 주고 갔다.

토요일 아침부터 대여섯 명의 인부들이 담배를 피워 물며 시끌벅적한 소리를 낸다.

803호 아줌마는 기다려도 내려오지 않은 엘리베이터에 괜한 화풀이를 한다.

옆집의 개 짖는 소리, 403호 쿵쾅 거리는 공사 소리, 803호 아줌마 뚜껑 열리는 소리, 아이들 뛰노는 소리를 듣다보면, 귀를 틀어막고 이사라도 가야 할 판이다.

나는 아이들을 키우면서 몇 번의 이사를 거쳤다.

이사를 다닐 때마다 내가 알고 있는 신이란 신은 모두 찾았다.

'비나이다. 비나이다.'

'부디, 좋은 이웃을 만나게 해 주소서.'

큰 아이가 여섯 살일 때, 대전에 잠깐 살았던 나는, 아래층에 사는 노부부와 마주치곤 했다. 사위와 며느리까지 본 그 어르신은 다짜고짜 한 번씩 올라와 호통을 치며 나와 아이들을 협박하곤 했다.

"아이 발소리 안 나게 하란 말이야."

"경찰에 신고하겠어!"

"까치발로 다녀."

아이들에게 소리쳤다.

"쉿!"

"조용히 못 해!"

"아래층 할아버지 쫓아온단 말이야!"

"이 집에서 쫓겨나고 싶어!"

"안 돼 안 돼. 하지 말란 말이야!"

그리고 아이 입을 틀어막아 버렸다.

지금도 가끔 꿈속에서 그 노부부를 만날 때면, 여섯 살짜리 내 어린 아이가 식탁 밑으로 뛰어가 숨던 기억이 난다.

우리는 우리를 자극하는 이웃에게 날을 세우지만, 사실 따지고 보면 그 이웃은 바로 우리다. 나 역시 소리를 치고 세탁기 소리를 내고 음악소리를 틀어 놓고 스트레스를 유발하는 그들에게 이웃은 바로 나다.

　괜찮은 이웃이 되어주자.

서로 어우러져 잘 살아가라고 신은 우리에게 이웃을 보냈다.

13

그래도, 살아 있는 게 낫다

삶이란, 살아 있을 때만 빛난다.

아무리 역겨운 삶이라도,

살아 있을 때만 빛난다.

11월, 그날도 어김없이 딸아이와 운동을 나갔다.

그날은 딸아이의 대학 발표가 있는 날이었다. 오전에 합격했다는 통지를 받았고, 다른 날보다 들뜬 오후를 맞이했다.

그런데, 그날 오후 순식간에 내 인생은 360도로 변해 버렸다. 기쁨도 잠시, 가속도를 붙여 내려오는 자전거에 치여 시멘트 바닥에 튕겨져 나간 것이다. 지나가는 사람들이 몰려들었고 인근의 병원에 옮겨졌다. 나는 오직 살게만 해달라고 기도했다.

나를 둘러싸고 있는 사람들, 나를 둘러싸고 있는 문제들, 내게 스트레스를 일으키는 일들이 생길 때마다 나는 그날 일을 떠올려 본다.

그런데 그날 일을 떠올리면 아무리 힘든 일도 별것 아닌 일처럼 느껴진다. 죽지 않고 살았기 때문이다.

돈 못 벌어서

좋은 데 취직하지 못해서

연애에 실패해서

승진을 못해서

돈을 잃어서

다이어트에 실패해서

대학에 떨어져서 죽고 싶은가.

우리는 고통을 이겨낼 수 있는 사람들이다.

그러니 스스로에게 말해주어라.

당신을 짓누르고 있는 당신 자신에게 말해주어라.

죽지 않고 살아 있으니 그래도 낫다.

죽지 않고 살아 있으니 그래도 할 수 있다고.

삶이란, 살아 있을 때만 빛난다.

아무리 역겨운 삶이라도, 살아 있을 때만 빛난다.

14.

카르페 디엠 carpe diem

우리는 지금 우리 삶에 무슨 일이 일어나고 있는지 모른다.

헬렌 켈러의 『3일만 볼 수 있다면』이란 책에선 이런 대목이 나온다.

"나는 차츰 나를 둘러싸고 있는 어둠과 고요에 익숙해졌다. 처음부터 이랬던 건 아닐까, 소리를 들었던 것도 빛을 보았던 것도 잊었다. 내 영혼을 자유하게 한 나의 선생님, 그녀가 내게 오기까지는. (중략) 단 한 번이라 할지라도 우리가 보았던 그날은 우리 것이다."

사흘만 산다고 가정해 보라. 아마 많은 일들을 할 수 있다.
평범한 일상도 천금 같은 시간으로 다가올 것이다.

그동안 우리는 사소한 것들에 너무 신경 쓰느라 대부분의 시간을 날려 버렸다. 걱정과 염려하는 시간으로도 많은 시간을 보냈다.

하지만 사흘만 산다고 가정해 보면 삶의 모든 것이 달라진다.

삶은 위대해진다. 아이와 함께하는 시간, 배우자와 함께하는 시간은 모두 경이로운 시간이 된다.

나는 이 시점에서 우리가 얼마나 많은 것들을 보지 못하고 살아가는지 말하고자 한다.

아이들의 얼굴이 어떻게 변해 가는지, 부모의 얼굴이 어떻게 상해 가는지 모른다.

마음이 온통 다른 곳, 먼 미래에 가 있기 때문이다. 라틴어인 '카르페 디엠'은 지금 이 순간에 충실하라는 뜻이다.

저녁 잠들기 전 잠깐만이라도 오늘이 생의 마지막 날이라고 생각하면 일상에서 느끼는 행복은 두 배가 된다.

15.
_____

남편감 잘 고르기

그의 인생이 아니라 내 인생을 위해서 그런 노력은 필요했다.

'바넷 브루크너'는 말한다.

"결혼의 성공은 단순히 좋은 짝을 찾은 데에서 오지 않는다.

그보다는 좋은 짝이 되는 데에서 온다."

타임머신을 타고 20대로 돌아간다면 가장 잘해보고 싶은 일 중의 하나가 '남편감 잘 고르기'이다.

남편을 잘못 만나서 그런 게 아니다. 지금의 남편은 훌륭하다.

내가 고르고자 하는 남편감은 벌집 같은 머리를 창조적이라며 추켜세워줄 남자가 아니다.

평범한 외모가 출중하다며 거짓말을 하는 남자도 아니다.

버르장머리를 뜯어고치겠다며 소리를 질러대는 남자도 아니다.

내가 고르고 싶은 남편감은 지금의 나를 있는 그대로 사랑해 줄 수 있는 남자이다. 과거 나는 주변 사람들로부터 몇 명의 남자를 소개받았다.

'치아가 참 고르세요.'

'눈빛이 너무 선해 보여요.'

어떻게든 나를 꾀려는 남자들의 달콤한 말에 현혹되는 날 지금의 남편이 내 가슴에 훅 들어와 결혼을 해버렸다.

그런 남자가 가끔 딴 사람이 되어 염장을 질러댄다.

다른 집 와이프는 돈도 잘 벌고, 다른 집 와이프는 어느 회사 임원이고, 다른 집 와이프가 차린 가게가 대박 났고, 다른 집 와이프 처가는 장난 아닌 부자란 말을 했을 때, 나는 푸 하고 웃어버렸다.

마트에서 수박 한 통을 고를 때 사람들은 통통 두드리거나 수박 소리에 귀를 대거나 이 수박 저 수박을 들어 보거나 한참을 비교하며 서성거린다.

나는 수박 한 통 고르는 일보다 더 쉽게 남편을 골라 버렸다.

큰 키, 화려한 말발, 보통의 매너, 저울대 위에 올린 남편의 조건은 그럴 듯했다.

백화점 진열대 위에 올린 향수는 좋은 향기만 나는 게 아니다.

그중엔 사람을 미치게 하는 향이 숨어 있다.

사랑 보다 조건을, 성격 보다 키를, 인품 보다 직장을 먼저 보았던 나는 결혼이 쉽다고 말하는 그에게 한번정도의 테스트를 거쳐야 했다. **그의 인생이 아니라 내 인생을 위해서 그런 노력은 필요했다.**

'결혼은 긴 대화다.'라고 말한 니체의 말을 떠올려 보자.

"안 돼요. 어려워요. 싫어요. 그만해요. 기다려요. 지켜보기로 해요."라고 말했을 때 인간을 이해하는 남자였다면 배경처럼 사라지는 조건 같은 것에 휘둘리진 않았을 것이다.

16.

사랑이라는 이유로 포장된 잔소리

내 경험에 비추어 볼 때 잔소리는 위대한 힘을 발휘한다.

신도 내뱉지 못할 말들을 해댄다.

'톰 아놀드'는 잔소리와 관련해 이렇게 이야기한다.

"내 아내의 잔소리는 마치 공항 근처에 사는 것과 같다. 며칠이
지나면 더 이상 신경 쓰이지 않는다."

때와 장소에 따라 달라지는 여자의 잔소리는, 시골 이발소 라디
오 소리만큼 요란하다. 어쩐지 나이 들수록 여자의 잔소리는 우아
함과는 영 거리가 멀어지고 있다.

게다가 한번 잔소리가 폭발하면 주체할 수 없는 것도 문제다.

마치 기다렸다는 듯이 화살을 정통으로 겨눈다.

나는 잔소리 같은 건 모르는 여자였다. 세상에 잔소리라니. 가능하기나 한 일일까.

그런데 잔소리는 나이가 들수록 해가 갈수록 여러 사람을 피곤하게 만들고 있다.

첫째, 아이들에게 잔소리가 더 늘어나고 있다는 점이 문제다.

한 번만 하고 끝내야 할 문제들에 대해서 몇 번을 반복하다 보니 잔소리는 어느새 간섭이 되고 있다.

둘째, 잔소리는 듣는 아이들에게 해대는 나에게 불편한 감정을 부른다.

나의 감정을 발산한다는 것, 발산한 감정을 들어야 한다는 것, 감정으로 전이되는 모든 것을 어떻게 하면 상처 입히지 않고 잘 해결할 수 있을까.

어제 새벽, 눈을 떠보니 작은 아이가 보이지 않는다.

거실에도 없다. 순간 불길한 느낌이 머릿속을 꽉 채운다.

이곳저곳을 서성거리는데 아이가 현관문을 열고 들어온다.

또 한 번 내 잔소리는 폭발할 준비 태세를 갖추고 있다.

"어디 나갔다 오는 거야?"

"네, 잠이 안와서 편의점에요."

"엄마 걱정했잖아."

내 경험에 비추어 볼 때 잔소리는 위대한 힘을 발휘한다.

신도 내뱉지 못할 말들을 해댄다.

사랑이라는 이유로 포장된 잔소리라며 막 퍼부어댄다.

내 지난날을 더듬어 보니 내 잔소리의 절반은 넋두리였다.

17.

아내가 논다

그녀는 노는 사람이 아니다.

당신 옆의 그녀는 그런 식으로 평가받을 사람이 아니다.

토요일 오후 조그만 카페, 옆자리엔 중년의 남자 네 명이 줄기차게 수다를 떨고 있다.

그중 한 남자가 자신의 핸드폰을 열어 옆 사람에게 보여주며 이렇게 말한다.

"같이 다니기 창피할 정도라니까."

"이번엔 헬스장에 등록했나봐."

"숨 쉬는 거 말고 전부 돈이야."

듣고 싶진 않았다. 하지만 비좁은 카페라 어쩔 수 없이 옆 사람의 소리를 들어야 했다.

부디 내 예측이 빗나가기를.

그러니까 그 남자의 이야기를 요약해 보자면 이렇다.

나의 뚱뚱한 아내가 근래 헬스장에 다니고, 살을 빼느라 돈을 물 쓰듯이 쓰고 있고 숨 쉬는 거 외엔 전부 돈이 들어간다는 하소 연이었다. 몇 가닥 남은 머리에 배가 불뚝 나온 그 남자는 지금의 아내가 못마땅한 게 분명했다. 그리고 마지막 이 멘트를 날린다.

"내 아내 놀아."

남편은 노트북만 두들겨대는 나를 못마땅해한다. 작가랍시고 별 소득 없는 일을 하고 있으니 한심해 보이나 보다.

글쓰기 작업을 할 때마다 열을 올리고 집안일은 뒷전이고 설거 지는 쌓여 있다.

글쓰기 작업은 많은 에너지를 소진시킨다.

고백하자면, 나는 한때 워킹맘과 전업맘을 골고루 거친 경험이 있다. 그런데 전업맘일 때 내가 느낀 스트레스는 상상 이상이었 다.

24시간 풀가동되는 집안일과 누구도 알아주지 않은 나의 노동력. 출근이나 퇴근 월급도 없고 야근만 있는 직업.

게다가 걸핏하면 남편은 "집에서 하는 일이 얼마나 돼."라며 딴지를 걸었다.

내가 하는 일보다 자신이 하는 일에 가치를 매기고 내가 하는 일보다 자신이 하는 일이 더 대단하다는 뉘앙스를 풍길 때.

치워도 끝이 없는 일들, 아이들 육아, 가사일.

나는 회사로 돌아가고 싶었다. 그렇게 들어간 회사에서 만족감은 꽤 컸다. 첫째 월급날 기분은 최고였다.

내 가치를 증명하는 돈이 종이에 찍혀 나올 때 느끼는 희열감과 나도 남들처럼 자랑할 수 있는 커리어가 쌓여가고 있다는 점에 스스로 자부심을 느꼈다.

윌리엄 데이먼 작가는 그의 저서 『무엇을 위해 살 것인가』라는 책에서 이렇게 말한다.

"자녀 양육법은 끊임없이 요동하는 사회 변화의 영향을 받아왔다. 우리는 자녀 양육과 가사라는 과정을 서로 분리할 수 없다.

자녀양육과 가사의 노동은 과학이나 물리 철학 같은 것이 아니다. 의학처럼 배워서 바로 해낼 수 있는 일도 아니다."

사랑이 없으면 해낼 수 없는 일들이 있다는 걸 아는가.

지겹고 넌더리나고 하기 싫은 일을 매일 해내야만 삶이 유지된다는 사실을 안다면 적어도 자기 곁의 그녀에게

그런 말은 해서는 안 된다.

삶이 온전하게 유지되기 위해서, 인간다운 삶으로 살아가기 위해서 평범하지만 많은 일들을 해내는 그녀에게 등골을 빼먹는다거나, 놀고 있다는 표현은 적절치 않다.

그녀는 노는 사람이 아니다. 당신 옆의 그녀는 그런 식으로 평가받을 사람이 아니다.

18

인도에서 온 스님

열정은 우리 자신과 주변, 내 모습과 상대방 모습을 보게 한다.

'메리 케이 애시'는 우리에게 이렇게 말한다.

"열정을 불러일으키는 평범한 생각이 아무에게도 영감을 주지 못하는 훌륭한 생각보다 더 많은 것을 이룬다."

강화도 템플 스테이에서 진행되는 1박 2일의 모임, 인도에서 오신 스님과 차담을 나누던 중이었다.

"스님, 사람이 죽어갈 때 가장 후회되는 게 뭘까요?"

그러자 스님이 이렇게 말씀하신다.

"열정이 사라져 버리는 것 아닐까요."

가령, 부모님과 여행을 가기로 했는데 열정이 없어서 못 간다면 얼마나 아쉬움이 크겠습니까?

그러니 마음 안에 '열정'이 생기면 바로 '실행'해야 합니다.

코로나 핑계로 한동안 엄마를 보지 못했다.

시간은 많았으나 무슨 연유인지 엄마에게 가는 길이 힘들게 느껴졌기 때문이다. 아버지가 돌아가신 후 시골집이 내게 주는 마음 속의 의미는 슬픔으로 다가왔다.

남은 시간 동안 정말로 하고 싶은 일은, 혼자 계신 엄마와 시간을 더 많이 보내는 것이다. 내 마음에 이런 열정이 있다는 것을 깨달았다.

열정은 우리 자신과 주변, 내 모습과 상대방 모습을 보게 한다.

당신은 오늘 저녁, 누구와 약속했는가.

누구를 만나러 가는가.

'부모님을 만나고 싶다, 무언가를 배우고 싶다, 어딘가 가고 싶다.'란 마음이 든다면 바로 실행에 옮겨야 한다. 열정이 달아나 버리기 전에 붙잡아야 한다.

19.

졸혼을 선포할 자격

신이시여.

한 번만이라도 졸혼의 기회를 주소서.

새 초를 꽂아 둘 촛대를 마련했습니다.

신께서 염려하는 부분은 알아요.

제 마음 속에서 들려요.

저는 지금, 여자가 아닌 한 인간으로 말하는 거예요.

혼자만의 시간이 필요해요.

저는 지쳤어요.

신께 드릴 공물은 없지만, 닳아 해어진 영혼으로 짠

하얀 손수건을 올릴게요.

저는 자유로워져야 해요.

그렇게 해야 해요.

내 영혼의 목소리를 전해 주세요.

더 늦기 전에 전해 주세요.

나는 위로를 건넬 수 없어요.

내 곁에 있는 사람들에게 위로를 건넬 수 없어요.

새털처럼 가볍게 사랑할 거예요.

그에게 제 목소리를 전해 주세요.

메아리로 돌아오는 목소리.

신이시여.

부디 '졸혼'을 선포할 자격을 제게도 허락하소서.

당신을 흠모하는

정명

20

핸드폰을 *끄자*

핸드폰을 끄자.

잠시만이라도, 사랑하는 사람들의 모습을

마음 깊은 곳에 간직하자.

나는 스마트폰 중독자다. 아침 잠에서 깰 때부터 저녁에 잠들 때까지 스마트폰을 끼고 사니 이쯤 되면 중독자라 해도 틀린 말이 아니다.

아이들이 보이지 않으면 크게 걱정하지 않지만 핸드폰이 보이지 않으면 사방을 찾고 다닌다.

하루 종일 내 곁에 있는 핸드폰, 하루만 없어도 살 수 없는 핸드폰이 없으면 불안증을 느낀다.

중독자의 스트레스는 만만치 않다.

무언가에 홀린 듯 정보를 검색하고 한두 시간 보내버리고 습관적으로 핸드폰을 들여다보는 악순환은 끝도 없다.

해결책이라면 핸드폰을 끄는 것이다.

처음 핸드폰을 껐을 때 세상이 정지된 기분이었다. 무인도에 떨어져 세상과 단절된 듯한 기분에 휩싸였다.

그런데 얼마의 시간이 지나자 신기한 일들이 일어났다.

남편의 머리통이 보이기 시작했다. 신기하게도 훤히 벗겨진 남편의 머리칼은 한 가닥씩 힘을 잃고 사라져 가는 중이었다.

음악 소리가 들려오기 시작했다. 도통 들리지 않던 음악 소리, 어느 날은 평온하게, 어느 날은 가멸차게, 어느 날은 사랑스럽게 들렸다.

딸아이 얼굴에 살포시 난 저 여드름.

도대체 몇 개지, 나는 핸드폰을 끄고 난 후 세어 보기 시작했다.

소파 위 칙칙한 쿠션이 보였다. 도대체 몇 년을 쓴 건지 기억도 안 난다.

핸드폰을 끄자. 잠시만이라도 사랑하는 사람들의 모습을 가슴 깊은 곳에 간직하자.

part 2

쌉싸름한
자존감에
보석을
더할 때

21

내 별자리

누구나 스스로를 더 잘 보살펴야 할 시기가 찾아온다.

동화작가 조지 맥도널드는 이렇게 말한다.

"이 세상에 태어나 우리가 경험하는 가장 멋진 일은 가족의 사랑을 배우는 것이다."라고. 어두운 침대에 멍하니 앉아 있는 불면의 밤이 심해지고 식은땀이 나니 잠에서 깨며 숙면에 방해가 되고 있다.

이런 증상을 얘기하자 동네 의사 선생님은 '갱년기' 증상이라고 말해 주었다.

한동안 잊고 지냈던 친구가 8년 만에 연락을 해 왔다.

다시 그녀와 잘되나 싶었는데 여전히 비난의 말들을 쏟아낸다.

첫 아이를 낳고 새파랗게 질린 나를 병실에 두고 집으로 가서

잠을 자고 온 남편이 아직도 야속하다.

시댁만 생각하면 아직도 마음에 천불이 난다.

그렇게 잘하고도 좋은 소리 한마디를 듣지 못했던 내 지나간 세월도 야속하다. 기억은 점점 희미해지고 상처는 흐려져 가지만, 마음 안에 있는 상처가 영원히 사라지는 것은 아니다.

여자에게 찾아오는 갱년기는 사연도 다르고 모습도 다르다.

한 가지 공통점인 것은, 몸이 예전과 같지 않고 상처를 안고 살아간다는 것이다.

나를 돌보는 일보다 남을 돌보는 일에 마음을 쓰며 그것이 마치 당연한 것처럼 살아왔다.

그런 일이라면 거의 선수급에 가까울 정도로 아낌없이 퍼주고 헌신했다. 갱년기는, 분절되어 있는 시간 속, 과거의 기억들이 이리저리 뒤엉킨다. 그러다 끝내 마지막 열정으로 솟구쳐 거대한 울음을 토해낸다.

마음 속 경보장치들이 삑삑 소리를 내면 울다가 웃다가, 영혼을 파고드는 끊임없는 소리들, 죄책감, 비난, 때론 원망의 소리들이 썰물처럼 밀려왔다 빠져나간다.

신이시여.

내 별자리는 왜 이럴까요?

이유 없이 슬퍼지는 날이 찾아와요.

몸에서 뭔가가 훅 빠져나가죠.

별자리는 분명 문제가 있어요.

방향을 잃은 내 별자리.

신이여 대답해 주세요.

몸에 대한 이해가 깊어지면 정신도 깊어진다.

누구나 스스로를 더 잘 보살펴야 할 시기가 찾아온다.

22

여자의 감정 터트리기

인생에서 거창한 일들은 주방에서 일어난다.

신성한 노동을 마치고 식탁 앞에 앉은 내게도

거창한 일이 일어나고 있다.

저녁에 감자탕을 끓였다. 가스레인지에 솥을 올리고 돼지 뼈와 핏물을 뺀 고기를 한소끔 끓여냈다.

무엇보다 오랜만에 끓여 보는 감자탕이었다. 유튜브 채널을 켜고 백종원 선생님의 레시피를 따라해 보면 얼추 비슷한 맛이 난다.

꽤나 정성을 기울인 저녁 식탁이었다.

감자탕은 뜨거울 때 후후 불어 먹어야 제 맛이다. 자글자글 끓여 마지막에 들깨를 뿌리고 깻잎을 넣으면 완벽 그 자체다.

여자에게 주방은, 사랑하는 사람들을 위해 자신을 증명해 내는 곳이다. 압박감을 주지 않아도 압박이 느껴진다.

가족 중 누군가 불만을 터트리고 입맛에 맞지 않아 불만을 토로하고 음식이 짜다며 타박하고 맛이 없다며 숟가락을 내려놓는다.

인생에서 거창한 일들은 주방에서 일어난다. 신성한 노동을 마치고 식탁 앞에 앉은 내게도 거창한 일이 일어나고 있다.

'감자탕 싫어해요.'

내가 무엇을 잘못했는지 생각해본 밤이 있었다.

마트에서 잔뜩 봐온 부식거리로 음식을 만들어 식탁을 차리면 '수고했다'는 말 대신 싫어하는 음식이라며 핀잔을 줄 때, 솔직히 엄마 자리 사표 내고 싶었다.

여자의 감정 터트리기는 이렇게나 단순하다. 장기적인 안목에서 현명해야 한다고 판단되는 이 순간에도 감정을 터트리고 있다.

사랑하는 내 자녀가 세상 못돼 먹은 영애 씨로 보일 때 감정 터트리기는 힘을 발휘한다.

영국의 시인이자 평론가인 '사무엘 존슨'은 이렇게 말한다.

"외적인 영향에 좌우되고 싶지 않다면 먼저 자기 자신의 격렬한 감정부터 초월해야 한다."

좋은 것만 대접하고 싶은 내 마음에 고춧가루를 뿌릴지라도 감정 터트리기는 딱 한 번만, 딱 한 번만 할 것. 이것도 자주 하면 약발 떨어진다.

23.

뚱뚱한 이야기는 그만

지중해 연안 어딘가에서 하룻밤을 묵는다면, 내 침대 속으로
뚱뚱한 이야기가 새어 들어오지 못하도록 꽁꽁 싸맬 것이다.

가톨릭 수도 사제이자 신비 사상가인 '토마스 아 켐피스'는 이렇
게 말한다.

"다른 사람들을 자신이 원하는 대로 만들 수 없다고 노여워하지
마라.

왜냐하면 당신도 당신이 바라는 모습으로 자신을 만들 수 없기
때문이다."

베트남의 승려이자 작가인 '틱낫한'은 화와 관련해 다음과 같이
말한다.

"집에 불이 났을 경우, 방화범으로 추정되는 사람을 쫓아다니지

말고 돌아가서 불을 끄는 것이 가장 시급하다."

나를 포함해 여자들은 '화'와 관련된 이야기라면 2박 3일로도 부족하다. 모두 기네스북 감들이다. 우리는 다른 사람에 대한 이야기라면 자다가도 벌떡 일어난다.

'이번 주말 얼마나 힘들었는지 알아?'

'말도 마, 진이 다 빠졌다니까.'

'아무리 잘해도 잘하는 줄 몰라.'

'무튼 '시'자 들어가는 건 다 싫어.'

'내 직장 상사 말이야. 김부장 님.'

'비위 맞춰주다 내가 죽게 생겼어.'

'얼마나 얍삽한지 몰라.'

'아휴 말도 마.'

'학원에 갖다 바치는 돈이 집 한 채 값이야?'

'장난이 아니라니까.'

'성적은 왜 또 그 모양인지.'

'15층 여자 있지 바람 났나 봐!'

'글쎄 다른 남자랑 차에서 내리지 뭐야?'

'그러게, 그런 여자와 가까이하면 물든다니까.'

'거기 미용실 가 봤지?'

'리뷰는 많던데 영 별로야.'

누가 먼저랄 것도 없이 모이면 뚱뚱한 이야기는 널뛰기를 한다. 이런 대화를 하다 보면 없는 화도 생길 판이다.

듣고 있는 사람, 말하는 사람 모두 불난 감정에 기름을 붓는다.

오늘 아침에도 동네 엄마들은 뚱뚱한 이야기에 열을 올리고 있다.

지중해 연안 어딘가에서 하룻밤을 묵는다면, 내 침대 속으로 뚱뚱한 이야기가 새어 들어오지 못하도록 꽁꽁 싸맬 것이다.

아무리 끓여도 차갑고, 소금 간을 해도 싱거운 소리니까.

24.
_____

개쌍마이웨이 정신으로

영혼을 비틀어 버리는 무지막지한 말들이 정통으로 날아와

내 얼굴을 뭉개 버릴 때 내가 무장해야 할 정신은

'개쌍마이웨이' 정신이었다.

어니 J. 젤린스키의 『느리게 사는 즐거움』이란 책에서 이런 글귀

가 눈길을 끈다.

"다른 사람과 당신을 비교하지 말라. 자신을 있는 그대로 받아

들여라."

나는 선천적으로 no를 잘 하지 못한다. 주변에서 과도한 요구를

해올 때 역시 no라고 말하지 못해 손해를 본 적이 있다.

좋은 게 좋은 거라는 잘못된 신념은 삶의 전반에 드러난다.

무엇보다 상대와 불편해지는 게 싫어서 제대로 된 바운더리를

치지 못하는 것이다.

'좋은 사람이다.'라는 평판을 듣고 싶었던 나는 나를 이용하는 사람에게 조차 항의하지 못했다.

20대의 직장생활, 30대의 결혼 생활도 같은 일들이 반복되곤 했는데 내 노동을 당연하게 여기는 회사를 향해 분노를 표출하지 못하고 얌전한 고양이처럼 행세했다.

속은 말라 비틀어져 갔지만 겉은 아무렇지 않은 척 나를 외면했다.

권리는 그곳에 있었다. 우리가 잇따른 상실과 실망에 취해 흔들릴 때도 권리는 그곳에 있었다.

내 권리가 부당한 대접을 받고, 내 권리를 침해 하는 사람을 향해 부드럽게 말해주면 그만이었다.

어느 날, 친구는 전화를 걸어 와, 내 집에서 며칠만 쉬어가기를 원했다. 그때 친구 사정이 좋지 않아 흔쾌히 수락했다.

가게 문을 닫고 막대한 손해를 본 친구는 며칠간 상전 노릇을 하고 가더니 정확히 3개월 후 통화에서 '그다지 좋지 않았다'는 평가를 냈다.

그때 단호하게 NO라고 말했어야 했다. 수고를 들여가며 끼니를 챙길 게 아니라 그 시간에 나를 챙겨야 했다.

20대의 나에게 가족 중 한 사람은 이렇게 말한 적이 있다.

"네가, 키가 커, 몸매가 좋아, 얼굴이 예뻐?"

"네가 직업이 좋아, 돈을 잘 벌어? 너 내세울 거 없잖아."

"야 너, 내 말 들려. 들리냐고?"

영혼을 비틀어 버리는 무지막지한 말들이 정통으로 날아와 내 얼굴을 뭉개 버릴 때 내가 무장해야 할 정신은 '개쌍마이웨이' 정신이었다.

불공정하다면 목소리를 내라. 크게 내라.

신도 당신의 용기에 박수를 칠 것이다.

25.

자식 키우는 일

인생을 살면서 가장 어려운 일이 무엇이냐고 묻는다면,

나는 단 1초의 망설임 없이 '자식 키우는 일'이라고 말하고 싶다.

독일의 철학자 '칸트'는 이렇게 말한다.

"자식을 기르는 부모야말로 미래를 돌보는 사람이라는 것을 가슴속 깊이 새겨야 한다. 자식들이 조금씩 나아짐으로써 인류와 이 세계의 미래는 조금씩 진보하기 때문이다."

인생을 살면서 가장 어려운 일이 무엇이냐고 묻는다면, 나는 단 1초의 망설임 없이 '자식 키우는 일'이라고 말하고 싶다.

아이의 유년기는 눈 깜짝할 사이에 지나고 아이들이 선사하는 기쁨은 크다. 첫 걸음마를 떼는 그 순간부터 지금까지 충실하게 사는 법을 배운 아이들이 독립하는 그 순간 한 발짝 떨어진 부모는 그때 비로소 긴장에서 벗어난다.

내가 경험한 모든 것 중 자식 키우는 일은 정신없이 뛰어다니고 가끔은 미치고 또 가끔은 걷잡을 수 없는 감정의 소용돌이에 갇혀 길을 따라갔다.

우리의 필요는 순간 아이들의 요구에 압도당하고 지나친 많은 책임을 떠맡으며 우리 자신에게 해주는 일보다 그들에게 많은 에너지를 썼다.

자식 키우는 일은 온전한 한 사람으로 바로 서지 않으면 제대로 해낼 수 없다. 특히, '엄마'라는 역할에 대한 기대치가 높은 우리 사회에서 좋은 엄마로 살아간다는 것은 생각보다 많은 힘이 들어간다.

예를 들어 보자. 회사 일로 출장을 가거나 야근으로 인해 아이 저녁을 챙기지 못한다면 우리는 바로 나쁜 엄마가 된다.

게다가 학교 행사에 참석하지 못했거나, 아이 스케줄을 잊어버렸다면 엄마들에게 하는 말이란 이런 것이다.

'엄마가 어떻게 그래?'

'엄마는 그러는 거 아니야?'

나는 한때 엄마처럼 살고 싶지 않아 주문을 외웠던 적이 있다.

순함을 잃어버린 여전사 같은 어머니는 호탕한 말솜씨에 근검절약은 기본, 하찮은 비닐봉지 하나도 허투루 버리는 법이 없었다.

자신을 위한 삶이 아니라 자식을 위한 삶으로 살아가는 그녀는 자신에게 무슨 일이 일어나고 있는지 알지 못했다.

부모는 자식 주변에 머무르기를 원한다. 자식 역시 부모 옆에 머무르고 싶다.

어머니는 위대한 사람이었다. 삶을 이끌어준 소중한 사람, 우리 자신을 알게 해준 사람이다.

26

나는 샤넬백이 어울리지 않는다

어찌 보면 명품은 간절히 원했을 때 고통의 손아귀에
살포시 앉는 순간 명품이 된다.

'니농 드 랑크로'는 이렇게 말한다.

"눈부실 만큼 아름다운 것이 언제나 좋은 것은 아니다. 그러나
좋은 것은 언제나 아름답다."

지난 몇 년간 다이어트를 해 왔고, 보정 속옷을 입으며 몸매도
교정해 왔지만 안타깝게도 백을 걸치는 순간 나는 샤넬 백이 어울
리지 않았다.

가방과 함께 명품이 되고 싶은 내 욕망의 맞은편에 서 있는 여
자가 낯설다.

큰 아이가 초등학교에 들어갈 무렵, 새로 사귄 엄마들은 하나같

이 명품 자랑을 했다. 나는 물건에 욕심이 없던 터라, 테이블 위에 놓인 그 가방이 명품인지 알아차리지 못했다. 또 테이블 위에 굳이 가방을 올려 두는 의미가 무엇인지 그때는 몰랐다.

지인 중 한 명은, 생일 선물로 받은 명품 가방을 자랑하다가 덤으로 남편 자랑까지 했다.

묻지도 않은 가방 가격을 알려주고 묻지도 않은 가방의 브랜드를 손가락으로 가르키며 '글쎄 남편이 이런 명품을 했지 뭐야.'라며 자랑했다.

그녀를 통해, 세상엔 명품의 종류가 많다는 것과 명품 가격이 후덜덜 하다는 사실, 명품으로 빛나고 싶어 하는 인간 내면엔 타인에게 드러내고 싶은 욕망이 존재함을 알게 되었다.

시간이 지나 중년에 접어드니 나도 어쩔 수 없는 인간이다.

명품이 좋아지고 명품으로 휘감은 사람을 보면 다시 한번 그를 보게 된다.

내가 갖지 못한 것을 소유해 휘감고 있는 타인을 바라보면서 얻게 되는 대리만족은 별로 놀라울 일도 아니다.

명품은 싫증난다고 어딘가에 처박아 두거나 운전석 보조석에 휙 던지거나 할 물건이 아니다. 왜냐하면 명품이기 때문이다.

하지만 살면서 아무리 고가의 물건일지라도 물건에 화답할 수 있는 감정의 한계선은 있다.

한두 달 지나면 그 비싼 명품이, 값비싼 그 물건이 거짓말처럼 사르륵 평범한 물건이 되기 때문이다.

어찌 보면 명품은 간절히 원했을 때 고통의 손아귀에 살포시 앉는 순간 명품이 된다.

명품은 아니지만 20만 원짜리 내 백은 오늘도 열일을 한다. 명품도 아닌 것이 명품 흉내를 낸다.

꼼짝없이 내 곁에 붙어서 하루에도 몇 번이나 열고 닫기를 반복하니 나는 이것이 명품이려니 하고 대접해준다.

마법사에게 주문을 걸듯 20만 원짜리 가방에게 주문을 건다.

'부디 명품이 되어줘.'

27.

관계에 먹구름이 휘몰아칠 때

관계에 먹구름이 휘몰아칠 때, 효과적인 해결책은

압도되는 상황으로부터 한 발 멀어지는 것이다.

나와 친분이 있는 지인은 한 번씩 양화대교에 뛰어내릴 기세로

하소연을 하곤 한다.

연락도 없이 올라와 며칠씩 머무르다 가는 시어머니 때문이다.

오늘 아침에도 시어머니에게 한소리를 들은 그녀의 전화는 빗

발친다.

이야기를 들어 보니 아침 밥상이 화근이었다.

"아니 아가."

"이것이 밥상이냐?"

"어째 다 풀이여."

"사람은 밥심으로 사는 거여"

"어떻게 키운 아들인디 니가 풀만 먹인다냐?"

"에휴, 집에 사람이 잘 들어와야 혀."

그리곤 신발을 신고 획 나가 버린다. 몇 마디 역정으로도 모자랐는지 동네 이곳저곳을 다니며 못마땅한 며느리 험담이 한참이다.

시어머니가 며느리 험담에 양념을 치기 시작하는 시간, 친구는 내게 전화를 걸어 분통을 터트린다.

"빵이 어째서."

"샐러드에 먹으면 영양가가 좀 많아."

"도대체 언제적 이야기를 하고 계신 거야?"

"넌 어떻게 생각하니?"

불만은 외부에서 오는 것이 아니라 마음에서 온다. 누구도 자신의 문제에 대한 해답은 자신이 낸다.

내 의견을 말하자면 아침은 밥이 아닌 빵으로도 충분하다.

나는 매년 새해가 시작될 때 여전히 중요한 항목인 '체중감량'을 첫 번째로 써 넣는다.

세운 목표는 잘 지켜지지 않지만 계획을 세웠기에 적어도 노력은 하는 편이다.

신경이 끊어질 정도의 밥상이 아니라면 아침밥으로 빵은 충분하다.

어머니 생각을 바꿀 순 없지만, 내 생각은 바꿀 수 있다.

타인이 내 삶의 중심으로 들어와 나에게 미치는 영향은 최소화할 수 있기 때문이다.

관계에 먹구름이 휘몰아칠 때, 효과적인 해결책은 압도되는 상황으로부터 한 발 멀어지는 것이다.

28

서점이 주는 즐거움

한사람의 거대한 인생이 내 삶 속으로 들어오기 때문이다.

시인이자 수필가인 '캐슬린 노리스'는 이렇게 말한다. "긴 하루 끝에 좋은 책이 기다리고 있다는 생각만으로 그날은 더 행복해진 다."

내가 사는 동네, 가까운 곳엔 교보문고가 있다.

가까운 곳에 서점이 있어 좋은 점 한 가지를 꼽으라면 언제든 그곳을 드나들 수 있다는 점이다.

운동을 나갈 때 들어올 때 짬짬이 하는 독서의 매력은 묘미가 있다.

게다가 서점은 내게 나가라는 눈치도 안 준다. 언제든 열려 있고 나를 환영한다.

마음 먹고 2시간 책 한 권 후딱 해치우고 돌아오기에 안성맞춤인 서점의 즐거움.

서점은 누구에게나 열려 있고 누구든지 환영하며 당신이 누군가에게 상처를 받아 위로가 필요하다면 두 팔 벌려 환영하는 곳이다.

또한 서점의 좋은 점 한 가지는 그곳에 있는 모든 책을 볼 수 있다는 사실이다.

당신의 눈길이 머물고 손길이 가 닿을 수만 있다면 그곳에 있는 책은 당신 것이다.

서점에 들어서면 60세에 『노년』이란 책을 쓴 '시몬 드 보부아르'도 부럽지 않다. 또한 '베르나르 베르베르'도 부럽지 않다.

다양한 책이 즐비한 그곳엔, 넉넉히 즐기는 만찬처럼 재미난 책들이 가득하다.

서점은, 인생의 쓸데없는 걱정거리를 한방에 날려 버린다.

마음이 고요해지고 고통은 옅어진다.

일상에 지친 우리를 책들의 침대에 눕히고 당신의 지친 영혼을 쉬게 하라고 말한다.

그런데 어찌된 일인지 사람들은 서점의 즐거움을 모르고 산다.

바쁘다는 이유로 시간이 안 된다는 이유로 서점이 주는 즐거움을 만끽하지 못한다.

서점으로 향한 발걸음을 옷가게로 돌린다.

그리고 돌아와 후회한다. 책만 보면 졸음이 쏟아진다는 지인은 독서의 묘미를 알지 못해 안타깝다.

'자, 이제 슬슬 읽어 볼까나.'

서점 매대에 올라와 있는 책 중 구미가 확 당기는 제목의 책을 들고 서점의 모퉁이로 향한다. 이미 내 가슴은 뛰고 있다. **한 사람의 거대한 인생이 내 삶 속으로 들어오기 때문이다.**

29

그에게만은 조심스러운 내 비밀을

나와 한 약속을 잘 지켜주는 사람에게 내 비밀을 털어 놓고 싶다.

그에게만은 조심스러운 내 비밀을.

나와 한 약속을 잘 지켜 주는 사람에겐 비밀을 털어 놓고 싶다. 외로움에 압도당할 때 내가 어떻게 하는지, 남아 있는 청춘을 위해 무얼 하는지, 약속을 잘 들어주는 사람이라면 마주 앉아 이렇게 진지한 이야기를 나누어도 좋을 것이다.

나는 사소한 약속을 지키지 않아 낭패를 본 적이 있다.

첫 번째는 엄마와의 약속이었다.

계절마다 한 번씩 찾아 가겠다는 약속을 지켜내지 못하고 있다.

5시간 반이면 도착할 거리임에도 내 게으름과 변명은 여태껏 진행 중이다.

그런데 그게 화근이었다. 엄마는 내 약속을 철석같이 믿고 나와 전화할 때마다 언제 또 오냐고 묻곤 한다.

두 번째는 대학 때 교수님과의 약속이었다.

졸업 후 종종 연락해줄 것을 당부했던 교수님, 내 스승은 나를 무척 예뻐해 주셨는데 바쁘다는 이유로 약속을 지킨 적이 없다.

사소한 약속이지만 결코 사소하지 않은 약속을 지켜 내지 못할 때 우리 마음 안에 있는 신뢰는 상처를 남긴다.

관계에 충실하기로 마음먹었다면 약속을 지켜야 한다.

그것이 아무리 사소한 것일지라도 말이다.

우리가 지켜내는 약속은 우리가 경험할 수 있는 최고의 가치이다.

약속을 어떻게 펑크 내는지 스스로를 지켜보자. 믿음직한 친구에게,

신뢰하는 동료에게 스스로 했던 약속을 어떻게 어기는지 지켜보자.

약속은 관계에 큰 의미가 있다.

우리 가운데 어떤 사람이 자꾸만 약속을 지키지 않는다면 약속을 어기는 행위에 관대할 수 없다.

탈무드는 말한다.

"지켜라, 약속을 지키지 않으면, 당신은 아이에게 거짓말하는 것을 가르치는 것이 된다."

나와 한 약속을 잘 지켜주는 사람에게 내 비밀을 털어 놓고 싶다.

그에게만은 조심스러운 내 비밀을.

30

결혼생활에 레시피는 없다

한 가정을 파괴해 버린 상간녀 혼꾸멍 내주는 법,

아내를 배신한 남편의 수염을 잡아 흔들어대는 법

유튜브에 나오는 전문가들의 레시피를 따라 해 보라.

레시피대로 해보면 손맛 없는 나도 그럴듯한 음식을 만들어 낸다.

recipe(레시피)라는 단어를 사전에서 찾아보면 이렇다.

'음식을 만드는 방법, 음식을 만드는 데 필요한 여러 가지 방법이나 과정을 담은 책'이라고 소개되어 있다.

요리할 때마다 레시피 도움을 톡톡히 받고 있는 나로선, 레시피 없는 요리를 생각하기 힘들다.

27년간의 결혼 생활에 마침표를 찍은 내 친구가 있다.

비 내리는 금요일 저녁 남편과 마지막 식사를 했다고 전해왔다.

넉넉하지 않은 살림에도 가정을 목숨처럼 여긴 그녀에게 불행이 닥친 건 불과 몇 달 전이다.

단란한 한 가정이 무너져 내리는걸 옆에서 지켜보는 일이란 여간 힘든 일이 아니었다.

그것은 한 편의 드라마, 한 편의 영화보다 더 드라마틱한 일이었다.

친구 남편의 외도는 호기심에서 시작되었다.

권태기에 접어든 중년의 부부들이 그렇지 않은가.

20년 30년을 함께 살다 보면 부부가 아니라 가족이 된다.

별다른 치장도 하지 않은 여자가 늦게 들어오는 남편을 향해 소리를 질러대는 일은 다반사다.

부부 관계가 소원해지고 대화도 줄어들며 서로에게 무덤덤해지는 권태기 터널을 지나가는 시점에 턱하니 터지고야 말았다.

남편은 불륜을 저지르며 폭력까지 쓰기 시작했다.

가정이란, 단순히 시간을 함께 했다는 이유론 설명하기 힘든 무언가가 있다.

삶의 가장 중요한 존재인 아이들과의 추억뿐만 아니라 인생이라는 긴 항해를 오랫동안 함께 했기 때문이다.

게다가 공들여 쌓아 올린 가정이라는 테두리는 하루아침에 이루어진 결과물이 아니다.

아무리 진흙탕 싸움일지라도 그 가치는 말로 설명할 수 없다.

우리의 결혼 생활에도 레시피가 있으면 좋겠다.

오래 산 배우자와 원수가 되지 않고 멋지게 작별하는 법

돈 한 푼 주지 않고 내쫓겠다는 그와 유종의 미를 거두는 법,

27년간 힘들게 모은 재산을 반으로 잘 나누는 법,

한 가정을 파괴해 버린 상간녀 혼꾸멍 내주는법,

아내를 배신한 남편의 수염을 잡아 흔들어대는 법.

그런 멋진 레시피가 빨리 나왔으면 좋겠다. 그러면 고통으로 얼룩진 그녀 마음을 조금은 위로해줄 텐데….

31

타인 같은 기대는 하지 말 것

브로드웨이의 잘 나가는 배우도

부모에게 타인 같은 기대는 안 한다.

카페에 앉아 커피를 마시고 있던 중 K가 말한다.

근래 들어 아이들의 잔소리가 심해졌다는 내용이었다.

'다른 부모님들은요, 차도 사주구요. 유학도 보내주고요.'

'집도 얻어줘요.'

SNS 탓일까. 다른 부모만큼 해주지 않은 부모에 대한 원망이

늘어나고 있다는 점은 슬픔을 동반한 안타까움을 만들어낸다.

스스로 해내려는 노력보다 부모 등에 얹혀 쉽게 묻어가려는 얄

팍한 습성은 냄새를 풍긴다. 그것은 고약한 냄새다.

세상의 모든 부모는 자식을 소중히 여긴다. 고슴도치도 자기 새

끼가 제일 예쁜 법이다. 또한 세상의 모든 부모는 강한 모성애로 자신의 욕구보다 그들의 욕구를 더 채워주려고 한다.

하지만 그 사랑이란, 어떤 부모에게는 버거운 감정이다.

속속들이 나를 알고 있는 가족이기에 수시로 상처를 주는 말과 행동은 서로의 기대치에 부응하지 못할 때 더 증폭된다.

원하는 것을 들어주지 않으면 못 견뎌한다.

부모들이 대단한 사람처럼 여겨지지만 사실은 그렇지 않다.

상처받기 쉬운 연약한 존재다.

부모에게 타인 같은 기대를 한다면 그것은 상처 주는 일이다.

적어도 수치심은 느끼지 않게 해야 한다.

수용할 수 없는 일들에 괜한 자책감을 주지 말아야 한다.

받아들일 수 없는 제안이나, 불편한 요구, 쓸데없는 비교는 혼신의 노력을 다해 키워온 부모의 지난 시간을 물거품으로 만든다.

브로드웨이의 잘 나가는 배우도 부모에게 타인 같은 기대는 안한다.

충무로를 휘젓고 다니는 배우도 마찬가지일 것이다.

우리는 가족에게 타인과 같은 기대를 할 수 없다. 그들이 우리를 원망하거나 질책해도 마찬가지다.

타인 같은 기대는 하지 말 것, 그것이 아무리 사소한 것일지라
도.

32

프랑스 그녀처럼

괜찮은 사람이란걸 증명해 보이지 않아도,

나답게 잘 살아가는 괜찮은 사람이 되는 것,

그것이 아름다움이다. 프랑스 그녀처럼.

코코 샤넬은 말한다.

"마흔이 넘으면 그 누구도 젊지 않다. 하지만 나이와 상관없이

거부할 수 없을 만큼 매력적일 수 있다."

나이와 상관없이 아름다운 여자나 남자를 만나면 기분이 좋다.

풀 메이크업이나 화려한 네일 아트를 하지 않아도 풍기는 분위

기에서 기품이 느껴지는 사람들을 만날 때 내게도 영향이 미친다.

에로티시즘이 물씬 풍기는 힐을 신고 있고, 목선이 훤히 드러나

보이는 셔츠를 입고 있다. 과하지 않은 단아한 노출은 시선을 사

로잡는다. 단아한 외모가 풍기는 분위기뿐만 아니라 그들은 서로 다른 의견에 상대방 탓을 하지 않으며 남의 의견을 묵살하지도 않는다.

몸과 마음에서 관대함이 묻어 나온다.

그들의 멋은 바로 자연스러운 편안함이다.

프랑스 여행을 갔을 때 버스에서 만난 70대 후반쯤 되어 보이던 그녀가 그런 매력을 가지고 있었다.

나와 눈이 마주치자 미소를 건네며 비어 있는 옆자리를 권했다.

그녀의 옷차림은 수수했지만 뭔가 끌림이 있었고 꼿꼿한 자세는 더 오래 있고 싶다는 느낌까지 들게 했다.

프랑스 여자들은 멋지다.

고상하고 우아하다. 그녀들은 나이를 가늠할 수 없을 정도로 매력을 발산한다.

매력은 비싼 옷을 걸쳤다고 되는 게 아니다.

자신을 있는 그대로 드러내는 진짜 매력은 바로 당당한 자신감이다.

'시몬 드 보부아르'는 이렇게 말한다.

"여자로 태어나는 게 아니라 여자로 길들여지는 것이다."

나이 들어 몸을 만들겠다며 과한 운동을 할 필요는 없다.

머리를 탈색해 색깔을 빼거나 나이에 어울리지 않은 영한 옷에 도전해 보는 것은 괜찮다.

하지만 10센티미터 힐을 신고 다리를 절룩거리거나 과하게 짧은 치마를 입는 것은 보는 사람의 눈살을 찌푸리게 한다.

여행에서 돌아온 후, 가장 먼저 한 일은 화장대를 정리하는 것, 몇 년째 쓰지 않은 화장품을 모조리 버리고, 낡은 옷을 버리고 일상 속에서 실천할 수 있는 몇 가지를 더 열심해 해 볼 생각이다.

자외선 차단제는 필수, 단백질 섭취 필수, 고기와 콩, 우유를 많이 먹는 것이다. 그리고 무엇보다 **괜찮은 사람이란걸 증명해 보이지 않아도, 나답게 잘 살아가는 괜찮은 사람이 되는 것, 그것이 아름다움이다. 프랑스 그녀처럼.**

33.
딱 한 번 베푼 선의

나를 실망시킨 적 없는 좋은 사람이었기에

내가 베푼 선의가 좋은 결과로 이어질 거라 믿었다.

우연히 어떤 글을 보다가 댓글로 달려 있는 글이 눈에 띄었다.

'대한민국은 사기 공화국이다.'

주위에서 누가 사기를 당했다거나, 연예인 중 어떤 부모가 돈을 떼어 먹었다는 뉴스를 볼 때 몇 년 전 겪었던 일이 떠오른다.

믿었던 내 지인은 나와 몇 십 년 알고 지낸 사이였다.

살면서 누구나 그럴 때가 있지 않은가. 급하게 돈을 융통해야 할 때, 지인은 실례를 무릅쓰고 내게 부탁을 해 왔다. 나는 얼마의 돈을 흔쾌히 빌려 주었다.

나를 실망시킨 적 없는 좋은 사람이었기에 내가 베푼 선의가 좋은 결과로 이어질 거라 믿었다.

싹싹한 말투에 사람 좋다는 평가를 받은 그 지인은 법 없이도 살 사람이다. 동네 사람들은 그렇게 말했다.

그런데 그렇게 믿고 신뢰했던 지인이 내게 돈을 빌려가자 완전히 딴 사람이 되었다.

처음엔 슬슬 피하기 시작하더니 전화도 안 받고 급기야 연락도 끊어 버렸다.

나는 얼마의 돈을 되돌려 받는 과정에서 말할 수 없는 고통을 느꼈다. 난생 처음 맛보는 지옥이었다.

지인은 사기꾼이었을까? 아니면 의도적이었을까?

나뿐만 아니라 다른 사람에게도 그런 걸까?

급기야 대인기피증까지 생겼고 혼란스러움은 이루 말할 수 없었다.

시간이 많이 흐른 지금, 아직도 그 사람이 사기꾼일 것이라고는 생각하지 않는다. 그런 생각에 휩싸이면 마음이 슬퍼진다.

하지만 그 사람의 본성이 어떻든 사람을 속이기로 마음먹은 순간 사기꾼이다. 기만한 순간 사기꾼이다.

지인과의 관계는 끝났다. 그가 어디에 살든 무슨 일을 하든 정직한 마음으로 살아가기를 기대해 본다.

34

내게 좋은 집이란

좋은 집이란, 좋은 동네가 아니라 좋은 마음이 있는 곳임을.

안전하고 따뜻한 그곳에 사랑하는 사람과 함께 하는 곳임을 알게

된다.

조이스 메이나드는 말했다.

"좋은 집이란 사는 것이 아니라 만들어지는 것이어야 한다."

내가 사는 집은, 창문을 열면 '토마스와 친구들'에서나 나올 법

한 많은 기차들이 지나간다.

어쩌다 이런 곳에 집을 샀을까. 외마디 한숨이 흘러나올 때 어

김없이 다음 기차가 들어서고 있다.

기차의 굉음 소리는 상당한 소음이다.

스트레스가 온몸에서 감지될 정도이다. 호기심 가득한 내 눈이

원망의 눈으로 변할 때 더 노골적인 내 감정은 기차가 끔찍해진다.

아파트를 잘못 팔아 버려 시세차익을 남기지 못한 내 친구는 늘 집을 원망한다.

한탄에 빠진 소리를 달고 산다. 불쾌한 경험이 떠오르기에 말끝마다 '꼴도 보기 싫은 집'이라며 투덜거린다.

나 역시 그 친구와 맞장구를 친다. '이놈의 집은 왜 이리 소음이 심하담.'

어느 날 소파에 얼굴을 묻고 잠이 들었다. 그날도 어김없이 기차는 지나가고 있었다.

살랑이는 바람이 베란다 창문 틈으로 들어왔다.

눈을 떴는데 전과 다른 감정이 밀려왔다.

지그시 천장을 바라 보았다.

그 순간 집은 말하고 있었다.

'주인님, 천장을 보세요, 벽을 보세요.'

'당신은 한 번도 애정을 건넨 적이 없어요.'

집은 소음 때문에 살기 싫어 죽겠다는 나를 향해 말하고 있었다.

집이 가진 고유한 가치는 사랑하는 사람을 한곳으로 모으는 곳
이다.

절망에 빠진 이의 등을 토닥거리는 곳이다.

엎어져 울고 있는 이에게 손을 내미는 곳이다.

집은 우리가 최상의 모습으로 행복하게 살아가기를 원한다.

좋은 집이란, 좋은 동네가 아니라 좋은 마음이 있는 곳임을.

안전하고 따뜻한 그곳에 사랑하는 사람과 함께하는 곳임을 알게
된다.

35.
_____

엄마의 뜰

내주고 더 내주고 다 내주어도

아직 내줄 것이 남았습니까

겨울나무 껍데기처럼 물이 마른 어머니여

야윈 몸뚱이 속 팔딱이는 심장도

선물로 올리실 당신이여

당신이 베푼 사랑으로

무릎 펴고 잡니다

당신이 베푼 정성으로

위풍 당당 살아갑니다

쩍쩍 갈라진 논바닥 같은 손으로

한평생을 일궈오신 어머니여

내주고 더 내주고 다 내주고도

아직 내줄 것이 남았습니까

이젠 닳아빠진 구두에 기름칠을 하소서

당신을 위한 밥상에 고등어 한 마리 올리소서

— 정명, 「안녕히 가세요, 아버지」 中

만약에 신이 존재한다면, 가장 은혜를 베풀어야 할 사람은 어머니이다.

고통으로 얼룩진 우리의 삶을 사랑으로 이끄는 어머니가 계시기에 더 좋은 사람 더 정직한 사람이 되는 것이다.

36

건축학에 대해선 잘 모르지만

죽은 공간이 살아나면 죽은 마음도 살아난다.

알버트 해들리는 말한다. "집은 최대한 아늑하고, 매력적으로 꾸며라. 그리고 그 속에서 살아가라."

나는 건축학에 대해선 잘 모르지만 공간이 주는 치유의 힘을 믿는 편이다. 공간은 생각이나 인식 자아를 깨운다.

사람들이 이렇게 말하는 경우를 보았다.

"집이 다 거기서 거기지요."

또 다른 이는 이렇게 말한다.

"집이 뭐 별거 있나요? 잠만 자면 되지요."

아이 둘을 키우면서 좋은 공간이 아이들에게 미치는 영향이 크다는 걸 알게 되었다.

편안한 공간에서 열리는 아이들의 마음은 무한한 상상력의 날
개를 단다.

살고 있는 공간을 어떻게 꾸미느냐에 따라 한 사람의 운명이나
성격이 달라진다.

우리 주변엔 집을 전혀 돌보지 않거나 아끼지 않은 사람이 있
다.

집도 사람과 마찬가지로 애정을 받아야 건강해진다.

내가 아는 지인의 집 이야기를 해볼까 한다.

그녀 집을 갈 때면 음침하고 스산한 분위기에 압도당했던 적이
있었다. 오래된 고철 문을 잡아 당겨야 겨우 열리는 옛날 집이었
다.

아마 그녀 건강에 영향을 줄 수도 있는 집이었다.

그런 그녀가 어떤 계기를 통해 집을 고쳤다.

인테리어 업자를 부르기엔 비용도 만만찮아 손수 했다.

구조물은 그대로 두고 몇 가지 비법을 써서 홈스타일링으로 변
화를 준 것이다.

기적과도 같은 결과였다.

나는 그녀 집을 둘러보고 난 다음 탄성을 내지르고 말았다.

농담이 아니다. 그녀 집은 더할 나위 없이 우아했다.

살고 있는 공간에 변화를 주면 우리의 마음이 바뀐다.

죽은 공간이 살아나면 죽은 마음도 살아난다.

37

돈에 저당 잡히지 말자

죽을 때 돈을 가져갈 수 없다는 사실만 알았더라도,

인생은 그럭저럭 수월했을 것이다.

돈 타령을 하던 시절이 있었다. 애석하게도 인생을 즐길 수 없
는 이유가 넉넉지 못한 시댁 때문이라고 생각했다.

'어쩌다 이런 시댁을 만났을까.'

'남편 연봉이 더 많으면 좋았을 텐데….'

돈에 대한 불평은 아이들이 커갈수록 더해졌다.

멋지게 사람 구실을 못하는 이유도 돈 때문인 것 같았다.

효도하지 못한 이유도 돈 때문인 것 같았다. 즐기지 못한 이유
도 마찬가지였다.

하지만 여러분도 알고 있을 것이다. 돈이 전부가 될 수 없다는

사실을.

물론 돈이 많으면 좋다. 자신이 느낄 수 있는 행복의 긍정적인 경험들은 돈이 많을수록 유리하다.

하지만 여태껏 살면서 돈 많다고 돈 잘 쓰는 사람을 본 적이 없다.

그들은 이기적으로 보일까 봐 속을 알 수 없는 졸부들처럼 만 원짜리 한 장에도 벌벌 떤다.

나보다 형편이 더 좋지 못한 내 친구는 세상에서 돈을 가장 멋지게 쓴다.

그녀는 돈에 대해서 불평해 본 적이 없다.

나는 그 친구가 단 한 번도 돈 타령을 한 것을 본 적이 없다.

누군가 해외 관광을 떠나거나 누군가 건물을 샀거나 누군가 명품 샀다는 말에도 특유의 미소만 보일 뿐 돈타령을 하지 않는다.

한번은 그녀가 당근 마켓을 통해 중고 옷을 사 입는걸 보았다.

하지만 그녀가 걸치는 옷이 궁색해 보이거나 초라해 보이지 않았다.

지난 여름에는 그 친구 부부가 집에 함께 왔다. 커피를 마시며 담소를 나누는 동안 그녀가 직접 만들어온 케이크로 이야기꽃을 피웠다. 둘이 먹다 하나 죽어도 모를 만큼의 맛있는 케이크였다.

매순간 유쾌하고 즐겁게 사는 그녀의 일상,

비싼 뮤지컬과 오페라 대신 집에서 끊는 1,540원짜리 영화에도 감사함을 느끼는 그녀의 정교한 돈 쓰기 방법은 많은 걸 소유한다고 해서 얻을 수 있는 것들이 아니다.

산티아고 순례길에 오르지 않았다고 기죽을 필요가 없다.

그녀처럼 집 앞 천변 앞에 피어 있는 꽃을 가슴에 담을 수만 있다면 당신은 이미 부자다.

그녀는 풍족하다고 말한다. 그리고 삶에 만족하고 있다.

앤드류 매튜스는 돈과 관련해 이렇게 말한다.

"돈에 너무 집착하면 돈을 벌기도, 번 돈을 갖고 있기도 힘들다.

10분만 산책로에 나가 보라. 지천에 피어 있는 꽃들, 꽃들은 속삭인다.

'당신 오늘 복 받았어요.'"

돈 타령을 하던 시절엔 누릴 수 있는 행복이 적었다.

죽을 때 돈을 가져 갈 수 없다는 사실만 알았더라도, 인생은 그럭저럭 수월했을 것이다.

38

걸으면서 명상하기

나무는 흔들리며 명상하고 새들은 졸며 명상하고

나는 걸으면서 명상한다.

당신은 명상을 해 본 적이 있는가?

무엇을 하든지 당신이 그 속에서 자신을 찾을 수 있다면 그것은 명상이 된다.

사람들은 명상이 어렵다고 말한다. 명상 센터에 가서 가부좌를 틀고 앉아 있어야 명상이라고 여긴다.

하지만 그렇지 않다. 명상 센터에 가지 않아도 명상을 할 수 있다. 적어도 내 경우 걷기만으로도 명상은 충분하다.

걸으면서 명상하기의 장점이라면 어떤 장소에서도 가능하다는 점이다.

당면한 문제를 미루어 두고 당장 운동화만 신을 수 있으면 된다. 명상은 그 자체를 즐겨야 한다. 그래서 걸으면서 명상하기는 운동과 명상을 겸할 수 있다는 점에서 최고가 아닐까 생각한다.

가장 좋은 방법은 숲 속에서 하는 것이다. 하지만 그것도 여의치 않다면 집 앞의 산책로나 천변 나무가 우거진 곳을 걸어보자.

무조건 걷는다.

다시 한번 말하지만 무조건 걷는다.

우리의 억눌린 감정 발산하지 못한 감정을 몸에서 내보낸다.

분주하고 정신없는 마음을 고요하게 만든다.

찌꺼기처럼 꼼짝없이 붙어 있는 감정이 있을 것이다.

분노, 원망, 화 ,증오, 미움, 이런 감정은 스스로의 마음에 파열음을 낸다.

감정에 대한 집착에서 벗어나면 원하는 것이 선명해진다. 그리고 확언의 말을 입 밖으로 뱉어준다.

'고마워.'

'잘 살아왔어.'

'애썼어.'

걸으면서 명상하기의 최종 목적은 생각을 비워내는 것이다.

장자크 루소는 이렇게 말한다.

"나는 걸을 때만 명상할 수 있다. 걸음을 멈추면 생각도 멈춘다."

나무는 흔들리며 명상하고 새들은 졸며 명상하고 나는 걸으면서 명상한다.

39

유쾌한 일은 아니지만

유쾌한 일은 아니지만 그렇다고 불쾌한 일도 아니다.

헨리 데이비드 소로는 이렇게 말한다.

"내가 숲속으로 들어간 것은 내 자신의 의지대로 살고 삶의 본질적인 면과 대면해 보려는 것이었다. 그리고 삶이 가르쳐 주는 바를 내가 배우지 못했는지 알아보고, 마침내 죽음을 맞이할 때 헛되이 살지 않았음을 깨닫고 싶기 때문이다."

삶의 끝은 죽음이다. 죽는다는 것은 두려운 일이나 기쁜 일이기도 하다. 생각해 보라. 영원히 살 수 있는 것이 몇 개나 되는지 끝이 있기에 인생은 더 아름다운 것이다.

근래 들어 '죽음'에 대한 생각을 해보곤 한다. 죽음은 **유쾌한 일은 아니지만 그렇다고 불쾌한 일도 아니다.**

살아 있을 때 나의 마지막을 스스로 결정할 수 있다는 것은 축복이다.

스스로 내린 결정을 행할 수 있다는 것 역시 축복이다.

생각의 힘이 사라지고, 몸이 굳어가고 스스로 아무것도 할 수 없을 때 인간의 존엄이 말살되어지는 경우를 보게 된다.

재작년 가을, 며칠 병원 신세를 졌다. 나와 한 병실에 누워 있던 할머니에게 "어디가 아프세요?"라고 묻자 할머니를 간호하던 조선족 요양사가 손사래를 쳤다.

매뉴얼대로 움직이는 요양사는 할머니를 시원하게 해 주겠다며 아랫도리를 훤히 벗겨 놓았다. 밀폐된 곳에서 요양사는 열심히 부채질을 했다.

다음날 아침, 할머니의 아들이라는 사람이 찾아왔다. 큼지막한 쇼핑 봉투를 요양사에게 건네며 허리를 조아렸다.

"여사님, 잘 부탁드립니다."

"며느리는 오늘도 안 오나 봐요."

얘기를 들어보니, 할머니는 아들 며느리에게 꽤나 많은 유산을 물려 준 유복한 미망인이었다고 한다.

죽음이 삶의 일부임을 알아차리면 삶은 겸손해진다.

오겠다는 아들은 오지 않고
오지 않은 아들을 기다리고 있다.
언제 오냐고 묻고 싶어
핸드폰을 들었다 났다

사랑하는 아들아
내 아들아.
보고 싶구나
언제 오니

너에게 만은 들키고 싶지 않은데
자꾸만 눈물이 나.
말라 버린 두 눈에서 눈물이 나
하얀 천을 머리끝까지 쓰고
밤마다 신께 기도해

부디, 잠들다 가게 해 달라고
내 소원을 들어 달라고

너에게 만은 피해를 주고 싶지 않아

그런데 신은 응답하지 않는구나

아들아,

혼자 있는 것보다 그게 더 슬퍼

40.
_____

신경 *끄세요*

우리는 살면서 뜻하지 않은 길에서 뜻하지 않은 사람과
뜻하지 않은 운명에 마주한다. 이 말은 새겨들어도 좋을 말이다.

면발이 풀어지기도 전에 면발을 휘젓는 사람이 있다. 우리 주변
엔 참을성 좋은 사람보다 성미 급한 사람들이 더 많다.

인정. 하지만 기다려야 할 시간을 기다리지 못한다면 문제는 복
잡하다. 그렇게 하는 것은 주문을 넣기도 전에 음식 타령을 하는
것과 같은 이해할 수 없는 실마리가 된다.

전철 자리가 생기면 앞에 서 있는 사람을 무시하고 잽싸게 가 앉
는다. 신호등을 무시하고 달린다. 사람이 보여도 멈추지 않는다.

모두 면발이 풀어지기도 전에 면발을 휘젓는 이해할 수 없는 사
람들이다.

얼마 전, 초행길에 무척 황당한 경험을 했다. 내 운전 경력은 자그마치 27년째로 접어든다. 값나가는 중형 세단의 운전자가 도로 위에서 나를 상대로 갑질을 하는 것이다.

무엇에 화가 났을까. 크게 잘못한 것 같진 않았다.

그런데 그 운전자는 죽일 듯 나를 노려보더니 내 차 옆으로 바짝 붙어 섰다. 등줄기에 땀이 나고 행여 사고라도 날까 봐 온몸이 긴장되었다. 신호등에서 내 차에 바짝 붙은 운전자가 창문을 열고 이렇게 소리를 질러댄다.

"운전 똑바로 안 해? 그지같이, 어디 내 차 앞에서 알짱거려?"

금방이라도 튀어나올 눈이었다. 순간 나는 멈칫했고 어서 빨리 신호등이 바뀌기를 기다렸다.

우리는 살면서 뜻하지 않은 길에서 뜻하지 않은 사람과 뜻하지 않은 운명에 마주한다.

이 말은 새겨들어도 좋을 말이다.

소심한 내가 고작 한 행동이란 유리창 문을 올리면서 들릴 듯 말 듯한 모기 소리로 "신경 끄세요. 아저씨."라고 얼버무리는 것이었다.

몇 분의 시간은 흘러갔고 결과는 대 만족이었다.

part 3

특별한 관계란,
나를 먼저
사랑하고
너를 사랑하는 것

41.

완벽하지 않아도 괜찮아

걱정을 해도, 걱정을 하지 않아도 생은 흘러간다.

모래 속에 발가락을 넣고 간지러워 죽겠다는 아이들의 표정, 그 얼굴을 한번이라도 본 적이 있다면 완벽하지 않은 우리의 삶에 감사함을 가지고 인생을 즐겁게 살아야 한다.

나는 가끔 놀이터에 앉아 아이들 표정을 관찰하곤 한다.

그런데 참 재밌는 일은 아이들은 하나같이 재밌게 논다는 사실이다.

아이들이 노는 모습을 보면 행복은 가까이 있다.

굳이 찾아다닐 필요도 없다. 해답은 바로 아이들이기 때문이다.

자녀가 있든 없든 우리가 아이를 통해서 배워야 할 한 가지는 '지금 현재를 즐겨야 한다'는 사실이다.

아이들은 나이와 상관없이 이 순간을 즐긴다. 나이와 상관없이 즐겁다.

모래 속에 발가락을 넣고 온 몸에 모래 범벅을 해도 즐겁다.

놀이를 중단하지 않는 이상 즐겁다. 놀이를 중단해도 즐겁다.

아이들은 지금 현재에 집중해서 살기 때문이다.

'현재를 즐기라'는 의미는 삶의 불필요한 것들에 스위치를 꺼야 한다는 뜻이다.

'현재를 즐기라'는 의미는 당신의 머릿속을 가득 채우는 불안이나 불만, 걱정으로부터 자신의 의심을 거둘 때 가능하다.

현재를 즐기라는 의미는 쓸데없는 계산을 하지 말라는 뜻이다.

현재를 즐기라는 의미는 완벽해지려는 마음을 내려놓는 것이다.

나는 신비주의 여자도 아닌데 꽤나 많은 것들을 걱정하고 살았다.

나라 걱정, 안보 걱정은 기본에 정치 걱정, 물가 걱정, 기름값 걱정을 했다. 더불어 부동산 걱정, 애들 학원비 걱정 ,관리비 걱정, 난방비 걱정, 걱정이란 걱정은 모두 달고 살았다.

하다못해 여행을 떠나는 날도 걱정을 했다. 다음 달 나올 카드

값이나 도착해 들어갈 비용이나 어디서 밥을 먹을 것인지까지 걱정했다.

'등에 무거운 짐을 짊어지고 먼 길을 가는 것이 인생이다. 그러기에 우리는 인생을 급히 달리지 말고 천천히 가야 한다.'라고 공자는 말한다.

걱정을 해도, 걱정을 하지 않아도 생은 흘러간다.

쓸데없는 걱정은 전봇대에 그만 붙들어 매고 그저 오늘 밤 편안히 주무시기를.

재밌게 사는 게 남는 것이다.

42.

_____

비혼주의면 어떤가요

나는 많은 부부를 만나 왔지만, 죽어서 지금의 배우자를 만나고
싶다는 사람을 단 한 사람도 보지 못했다.

미국의 소설가이자 흑인 여성으로 노벨 문학상을 수상한 '토니
모리슨'은 이렇게 말한다.

"아무에게도 구걸하지 마, 특히 사랑."

끝내주게 좋은 배우자를 만났는가. 당신은 운이 좋은 사람이다.

다시 태어나도 지금의 배우자를 만나고 싶은가. 그렇다면 당신
은 전생에 나라를 구했거나, 3대에 걸쳐 덕을 쌓았거나 조상신이
도운 게 분명하다.

**나는 많은 부부를 만나 왔지만, 죽어서 지금의 배우자를 만나고
싶다는 사람을 단 한 사람도 보지 못했다.**

그들은 수줍은 듯 이렇게 말한다.

'죽어서까지 이 사람을 만나야 해요.'

'아휴 생각만 해도 끔찍해요.'

중년이 되어 권태기가 찾아오니 근래 드는 생각이 내가 비혼주의자였으면 어땠을까 하는 생각을 하게 된다. 90년대 그때만 하더라도 결혼 못한 여자는 무슨 하자 있는 여자처럼 편견에 가득 찬 시대였다.

태풍이 휘몰아쳐도 온유했던 남자가 볼장 다 봤다고 큰소리를 칠 때, 흔적 없이 사라지는 썩소의 미소를 날릴 때 그래 둘이 괴로운 것보다 혼자 외로운 게 낫다.

'페스트'라는 작품을 썼던 알베르 카뮈는 이렇게 말했다.

'자신이 절대로 옳다고 믿는 것이야 말로 종말의 시작이라고.

심리적으로 3천 마일쯤 떨어진 소파 끝에서 핸드폰만 들여다보는 중년의 남자에게 거는 기대는 금물.

서로에 대한 의존이나 보살핌이 마치 권리인 듯 충족되지 못할 기대를 내려놓기만 한다면 비혼이든 기혼이든 어떤 선택이든 좋다.

43

지금으로도 충분해

망한 인생은 없다.

단지 망한 선택만 있을 뿐이다.

부모가 바라는 대로 대학을 가고, 부모가 바라는 대로 취직을
한 아이는 부모 뜻에 따라 결혼을 했고 부모 뜻에 따라 이혼을 했
다.

부모 말이라면 자다가도 벌떡 일어난 그 아이는 부모 말을 거역
한 적 없고 죽는 시늉까지 할 수 있는 아이다.

그런 그 아이가 부모 뜻에 따라 살면 인생이 수월할 것 같다고
생각한 건지 5년간 사귄 애인을 걷어차 버리고 만난 지 3개월 된
여자와 결혼했다.

"결혼을 왜 이리 서두르니?"라고 묻자 '부모님이 이 결혼이면 만

족한댔어요.'라고 말한다. 정확히 1년 후 이혼한 그 아이의 이혼엔 부모의 개입이 있었다. 눈물을 글썽거리는 그 아이가 말한다.

'이번 생은 망했어요. 망했어.'

나는 부모의 개입을 무척 싫어한다. 결정적인 선택을 할 때마다 조언이랍시고 해주는 부모들 개입은 자식들을 파괴한다.

'아이를 사랑해서.'라고 말하는 부모의 개입은 진정 아이를 사랑하는 게 아니라 상처를 입히기 때문이다.

부모의 개입은 잘해봐야 본전이다.

그 아이의 혼란의 소용돌이 부모의 간섭과 개입 때문에 받게 되는 고통어린 마음이란 교묘한 좌절감이다.

아이들은 우리가 내린 결정보다 더 현명한 선택을 하곤 한다.

부모가 도와주는 일이 오히려 아이를 망치게 된다면 이성적인 결정을 내려야 한다.

소파 끝에 앉은 아버지가 한숨을 내쉬며 말한다.

"이제, 네 일은 네가 결정해라. '나는 참견 안 할란다.' 겨울나무를 유심히 본 적이 있는가. 잎사귀를 떨구고 보잘것없는 겨울나무는 다른 계절의 나무와 사뭇 다르지만 몸의 무게가 느껴진다. 그 무게는 바로 '강인함'이다."

'결혼하기 싫어요. 그런데 부모님이 원해요.'

'그 회사 입사하기 싫어요. 그런데 부모님이 좋은 회사래요.'

'그 대학 가기 싫어요. 그런데 부모님이 가고 싶어 했던 대학교
였어요.'

'그 여자 맘에 드는데 엄마 반대가 심해요.'

부모가 해주는 조언은 약이 맞다. 하지만 인생을 먼저 산 사람
이라고 해서 혜안이 있는 것은 아니다.

망한 인생은 없다. 단지 망한 선택만 있을 뿐이다.

44

이별엔 서툴러도

마치 결혼하지 않은 여자처럼,

배신당하지 않은 여자처럼,

남편이 없었던 여자처럼,

평소대로의 그 모습으로 살아간다.

철학자 세네카는 말한다.

"우리는 평생토록 사는 방법을 배워가야 한다."

어느 저녁, 나는 차를 몰고 가다가 막다른 골목에 진입했다.

앞은 막혀 있고 캄캄한 어둠뿐 사방이 보이지 않았다.

순간 두려움이 엄습했고 두 다리가 후둘거렸다. 경미한 공황 발

작 증세가 또 시작되었다. 오랜 운전 경험임에도 낯선 곳을 들어

서면 나는 헤맨다. 등에 식은땀이 나고 앞이 뿌옇게 보이기 시작

한다.

'이곳을 빠져나가지 못하면 어떡하지.'

불길한 감정이 현실이 되기 전에 빨리 이곳을 빠져나가야 한다.

다시 시동을 켜고 느릿느릿 앞으로 달리기 시작했다.

보이지 않던 앞이 보이기 시작했다.

어둠속에서 빠져나갈 용기는 바로 이 타이밍이다.

남편이 첫사랑을 만나 불륜을 저지르고, 아내와 아이까지 버리고 간 한 여자의 이야기를 알고 있다.

그녀는 내가 사는 동네의 성당에 다닌다. 그녀의 속사정은 딱 거기까지지만 그녀는 아무런 표시도 내지 않고 평화로운 일상을 보낸다.

마치 결혼하지 않은 여자처럼, 배신당하지 않은 여자처럼, 남편이 없었던 여자처럼, 평소대로의 그 모습으로 살아간다.

나는 그녀를 보면서 '어떻게 그것이 가능할까?' 하곤 생각한 적이 있다. 하지만 그것이 가능한 이유는 너무나 단순했다.

이별엔 서툴러도 자신의 불행을 운명으로 받아들이고,

덤덤하지만 행복하게 살아가려는 마음 때문이다. 고통과 슬픔은 우리의 영혼을 갉아먹는다. 우리는 그 감정에 속기도 한다.

하지만 삶이 유지되는 한, 문제는 계속해서 일어난다.

아무리 큰 고통이더라도 고통과 함께하겠다는 마음만 있으면 온전한 우리 자신으로 살아갈 수 있다.

45.

말투만 바꾸어도 인생이 달라진다

그냥 즐기면 될 일을 사족을 달고 이유를 달고 토를 달다가
팽 당한 것이다.

나이가 들어갈수록 그나마 몇 안 되는 친구들이 떠나고 있다.

얼마 전엔 몇 십 년 함께해 온 절친이 떠나갔다.

"야, 나는 전생에 나라를 구했나 봐, 너처럼 좋은 친구를 만나다
니."

"너, 나와 오래 함께할 거지?"

그 친구가 나를 떠난 건 순전히 내 말투 때문이었다. 그녀는 할
리우드 여신도 아닌 나를 가끔 여신으로 만들어 주던 친구였다.

자신의 용돈을 모아 내 옷을 사주는가 하면, 집에 올 때마다 친
정 엄마처럼 무언가를 싸들고 왔다.

나는 그녀와의 우정이 아주 오래도록 변함없이 이어질 것이라고 믿었다. 하지만 그녀가 나를 떠난 결정적 이유, 가령 이를테면 이런 것이다.

약속시간에 30분 늦은 친구에게 '야, 약속 시간 제대로 지켜.'라고 말하면 될 일을, "약속 시간 좀 잘 지켜줄래, 한참 기다렸잖아. 내가 그렇게 한가해 보여."라는 식으로 말한 것이다.

텐션이 높은 편이라 흥분하지 않은 상태에서도 흥분한 것 같은 뉘앙스를 풍기는 내게 친구가 선물을 내밀 때,

보통의 사람은 "고마워, 잘 쓸게." 정도의 짧은 대답을 한다. 하지만 나는 3단계 높은 감정 이입을 보인다.

'야, 뭘 이런 걸 준비해, 너 돈 많이 들었겠다. 난 준비 못했는데 어쩌지, 야 뭘 이런 걸 사와, 앞으로 사오지마, 알았지.'

"아이고, 너는 시간도 많다. 그래 이 선물을 사려고 백화점을 그렇게 돌아다녔단 말이지. 시간도 많다. 시간도 많아. 시간이 철철 넘치는구나."

〈왓 위민 원트〉에 나오는 멜 깁슨 같은 여자면 된다.

그냥 즐기면 될 일을 사족을 달고 이유를 달고 토를 달다가 팽 당한 것이다.

여하튼 말투만 바뀌어도 인생이 바뀐다.

46.
_____

이혼을 꿈꾼다

여자들의 감정선엔 사람에게 느껴야 할 친밀감보다
관능적인 자유로움을 얻기를 원한다.

나에게 감정을 조절하는 기어 장치가 있다면 감정을 p에 둘 것
이다. 실타래처럼 얽힌 감정을 기어 P에 두면, 누구도 마음을 흔
들어 대지 못할 것이다.

'불 좀 꺼! 잠을 잘 수가 없어.'

'불 좀 꺼! 내일 일찍 일어나야 해.'

책을 보고 있자 자꾸만 재촉하는 남편을 보니 이혼이 절로 하고
싶어진다. 젠장, 아직 할 일이 태산인데 불을 꺼버리면 어떻게 하
란 말인가. 남편 눈치를 봐야 한다고 생각하니 더 이혼이 하고 싶
어진다.

"난 할 게 더 남았어, 자고 싶으면 눈을 감아."

내 감정이 억눌릴 때 동반되는 또 하나의 감정은 억울함이다.

하루 종일 분주한 상태에 놓이다 잠깐 휴식을 취하고 있는 시간, 감정은 파열음을 내며 의도치 않은 화를 내게 된다.

감정은 그야말로 내가 속한 마음의 전부다.

각방을 쓰고 난 이후, 삶이 완전히 달라졌다고 말하는 여자들을 만난다. 그녀들은 삶이 즐거워졌다고 말한다. 나 역시 불을 끄라고 재촉하거나 벌떡 일어나 물을 마시러 나가지 않으니 숙면을 취하고 있다.

이러한 이유 때문에 정신없는 소용돌이에 갇히지 않고 그 시간을 맘껏 쓰게 된다.

관계에서 일어나는 불편한 것들, 타인의 의지대로 맞춰줘야 할 때 내 감정을 억눌러 버린다면 뭔가가 잘못되어 가고 있다. 같이 있어야 친밀감을 느끼는 건 아니다.

각방을 쓰고 난 후 '이제야 숨을 쉴 수 있게 됐어요.'

'이제야 깊은 잠에 빠져요.'라고 말하는 **여자들의 감정선엔 사람에게 느껴야 할 친밀감보다 관능적인 자유로움을 얻기를 원한다.**

흑백영화의 한 장면처럼 나풀거리는 내 자아는 혼자 쓰고도 남아도는 침대에서 이리저리 뒹굴다가 발칙한 상상을 해 보는 새벽 3시. 여자는 이혼을 꿈꾼다.

47.
_____

좋아하는 것들로 채우자

우리 삶을 윤기 있게 만드는 작은 것들로 채우면

우리 삶에 유익을 끼쳤다는 사실을 알게 된다.

일상생활 속에 채우는 소박한 물건이 있다면 인생을 더 많이 향유할 수 있다.

좋아하는 커피를 곁에 두면 일의 능률이 오른다는 사람이 있다. 화초를 키우면 마음이 한결 정화된다는 사람이 있다.

또 누군가는 정적 속에 틀어 놓은 라디오 소리에서 위로를 받는다는 사람도 있다.

이렇게 우리의 일상생활 속에서 행복을 채우는 작은 것들은 큰 돈 들이지 않고 만족을 얻을 수 있다.

나는 소품을 좋아해 간혹 신설동 풍물 시장에 가곤 한다.

편한 트레이닝복 차림으로 전철을 타고 가는 재미가 쏠쏠하다.

희귀 빈티지 아이템들이 눈길을 사로잡을 때 골라 보는 재미 또한 크다.

얼마 전엔 꽤 값나가는 찻잔을 샀다.

내 눈엔 초호화 명품이었는데 파는 사람은 하찮은 물건이라 여긴 모양이다. 글을 쓸 때마다 꺼내 놓은 찻잔은 기분을 한결 여유롭게 한다.

이렇듯 자신이 좋아하는 것들로 주변을 채우면 평범한 날도 특별한 날이 된다.

내가 아는 미용실 사장님은 창가에 책장을 두고 자신이 좋아하는 책들로 채운다. 간혹 그 가게를 지나칠 때면 유리창 너머로 독서를 하고 있는 사장님 모습이 보인다.

짬짬이 읽는 독서가 세상이 주는 유일한 꿀맛이라고 말하는 사장님 얘기를 들었을 때 문득 셰익스피어의 문구가 떠올랐다.

'생활 속에 책이 없다는 것은 햇빛이 없는 것과 같으며, 지혜 속에 책이 없다는 것은 새에 날개가 없는 것과 같다.'

글을 쓸 때면 오래된 로얄 알버트 찻잔을 꺼내와 생의 이타카를 찾아 떠나는 마음으로 글을 쓴다.

당신이 좋아하는 물건은 비쌀 필요가 없다.

우리 삶을 윤기 있게 만드는 작은 것들로 채우면 우리 삶에 유익을 끼쳤다는 사실을 알게 된다.

48.

부디, 자부심을 갖기를

나는 작가랍시고 노트북을 들고 다니지만,

주부들이 해내는 많은 일들에 비하면 새발에 피다.

오후에 K가 전화를 해 왔다.

"오늘 저녁은 뭘 해 먹니? 정말 고민이야."

"그러게, 늘 먹는 게 고민이다."

코로나로 밖에 나가지 못해 한동안 아이 밥을 해멜 때, 밥에 대한 스트레스는 이만 저만이 아니었다.

보이지 않았던 터널 끝에 맞이한 일상은 우리 삶에 존재하는 그 모습 그대로 감사함이 느껴진다.

나를 포함해 대한민국 주부들이 가져야 할 한 가지는 '자부심'이다.

하지만 어쩐지 대부분의 주부는 자신이 하는 일에 대한 가치를 스스로 폄하하거나 형편없다고 여기거나 무능하다고 여긴다.

많은 일들을 해내고 있음에도 불구하고 자신이 처한 상황에 대한 왜곡된 생각을 하는 것이다.

나 역시 한때 주부란 사실이 부끄러워 나를 소개한 자리에서 말꼬리를 흐린 적이 있다. 내 안의 무의식 깊은 곳엔 밖에서 하는 일들만 과대평가했던 모양이다.

워킹맘과 전업맘을 번갈아 가며 살던 시절이 있었다.

가방을 들고 회사를 향하는 내 모습은 당당한 워킹맘이었다.

그러다가 퇴직 후 집으로 들어온 전업맘일 때, 마음속에 쌓여가는 미세한 열등감은 엉뚱한 곳으로 표출되기 일쑤였다.

그것은 사회적인 편견이나 채우지 못한 마음이 아니었다. 바로 스스로 느끼는 자부심의 결여였다.

나는 작가랍시고 노트북을 들고 다니지만, 주부들이 해내는 많은 일들에 비하면 새발에 피다.

이 깊은 깨달음을 얻기까지 많은 시간이 걸렸다.

주부들이 해내는 일들은 평범하지만 아무나 할 수 없다.

살아가는 동안, 한 사람의 손끝에서 이루어지는 헌신과 수고는 이루 헤아릴 수 없다.

가족의 건강과 행복을 위해 오늘도 헌신하는 그녀들이 가져야 할 마음가짐은 자부심이다.

당신은 훌륭한 어머니이고, CEO이고, 멋진 교육 전문가이고, 사랑스러운 셰프다. 당신은 당신 가정에 돈과 사랑이 흐르게 하는 책임감 있는 사람이고 마땅히 대접받아야 할 사람이다. 그러니, 부디 자부심을 갖기를.

49.

나에게 선물을 주자

당신의 직업이 무엇이든 지금 현재 이곳에서 멀어지면

당신은 사라진다.

나를 위한 치료사는 바로 나 자신임을 잊지 말자.

'존 포드'는 이렇게 말한다.

"일만 하고 휴식을 모르는 사람은 브레이크가 없는 자동차 같아

서 위험하기 짝이 없다. 또한 일할 줄 모르는 사람은 모터가 없는

자동차 같아서 아무 소용이 없다."

퇴근 후 집으로 돌아오면 가장 먼저 하는 일은 주방으로 출근하

는 것이다.

주어진 저녁 시간은 대략 5시간 정도 여자의 할 일은 끝이 없다.

다시 주방으로 출근한 내가 하는 말은 '지겨워, 우리는 뭔가에

질렸을 때, 분노가 치밀 때, 감정이 복받칠 때, 희망이 사라졌을 때 절망했을 때 '지겨워'란 소리를 한다.

이런 말이 튀어 나오는 이유는 우리의 분산된 에너지, 널뛰는 감정 휴식 없이 굴러가는 삶이 대접받지 못한 체 고통만 가져 오기 때문이다.

지금 당신의 저녁은 어떤가. 휴식이 있는가. 혼자만의 시간을 잠시라도 갖는가.

우리가 결코 참을 수 없는 일들을 제외하고 단 한 시간만이라도 자신을 위해 시간을 쓴다면 자신을 수용할 수 있다.

우리는 죽을 때까지 좋은 사람으로 다른 사람의 문제를 해결해 주는 사람으로 친절한 사람으로 남기 위해 고분군투할 것이다.

하지만 남에게 좋은 사람이기 전에 자신에게 좋은 사람이 되어야 한다.

저녁시간 최소한 한 시간만이라도 자신을 위해 시간을 쓸 때, 많은 역할에서 벗어날 수 있다. 온전한 자신으로 돌아가 마음에서 들려오는 소리에 귀를 기울이자.

저녁이면 내가 실천하는 몇 가지 팁을 공유해 본다.

✖ 향이 좋은 디퓨저를 곳곳에 비치한다. 소파, 테이블 침대 옆,

당신이 애정하는 공간이면 좋다. 그곳을 걸어 다닐 때마다 향이 주는 에너지는 기분을 한층 여유롭게 만들 것이다.

✖ 반신욕을 한다. 매일 하기는 힘들지만 일주일에 한두 번 정도 해 보면 힐링이 된다.

✖ 마사지를 한다. 비싼 피부숍에 가지 않고도 피부를 호강시킬 수 있다.

세안을 깨끗이 한 다음 따뜻한 물수건을 올려 모공을 열어준다. 그런 다음 콜드크림을 듬뿍 바르고 롤링해주면 끝이다.

✖ 10분 정도 집안 청소를 한다. 주변을 정리하면 마음에 환기가 된다. 온갖 종류의 걱정거리로부터 멀어진다.

✖ 독서 습관을 들여보자. 에세이도 좋고 시도 좋다. 독서 습관을 들이면 삶이 한층 여유로워진다.

✖ **당신의 직업이 무엇이든 지금 현재, 이곳에서 멀어지면 당신은 사라진다. 나를 위한 치료사는 바로 나 자신임을 잊지 말자.**

50

가족, 우리끼리만이라도

신의 은총으로부터 멀어진 어머니가 더 늦기 전에

후회하는 일은 없어야 할 텐데.

며칠 전 신문에서 괌에 발이 묶였던 3,400여 명의 관광객이 인천공항 터미널에 도착해 가족 품으로 돌아온 뉴스를 본 적이 있다.

가족이 꼭 부둥켜 안고 있는 모습이었다. 가족은 서로에게 익숙해져 있기에 특별할 것도 없다.

하지만 다른 관점에서 볼 수 있는 하나의 사실은, 가족만큼 소중한 사람은 없다는 사실이다.

나는 가족끼리 편 가르기를 잘못하다 인생이 골로 간 어느 시어머니를 알고 있다. 어떤 계기를 통해 그녀를 유심히 살펴보게 되었는데, 그녀의 특권의식은 남달랐다.

정기적으로 그녀를 만나게 되면서 알고 싶지 않은 두 며느리의 이야기를 듣게 되었다.

그녀는 댐에 가득 채운 물을 두 며느리에게 방류하고 있었다. 첫째 며느리가 맘에 들지 않자 둘째 며느리를 추켜세우며 싸움을 붙였다. 두 며느리의 질투심을 유발해 경쟁하게 만들고 눈에 보이지 않은 편 가르기를 하는 중이었다.

한번은 친구들과 떠난 여행에서 작은 며느리를 불렀고 일부러 큰 며느리에게 전화를 걸어 "글쎄, 작은아이가 음식을 잔뜩 해왔지 뭐니? 너도 좀 배워라."라며 열등감과 비교의식을 불러 일으켰다.

대다수의 며느리는 그런 어머니 태도에 어려움을 겪는다.

가족으로 만난 귀한 인연이 존중 받지 못할 때, 증오의 감정은 서로에게 실패로 돌아온다.

상황이 이쯤되면 좋은 시절은 끝났다고 봐야 한다. 어머니 때문에 두 형제는 남보다 못한 사이가 되었다.

가족, 우리끼리만이라도 사랑해 줄 수 없을까.

우리끼리 만이라도 보듬어 줄 수 없을까.

가족은 가깝지만 먼 사이, 서로에 대한 예의를 갖추고 인격적으로 대우할 때 마음을 나눌 수 있는 사이다.

신의 은총으로부터 멀어진 어머니가 더 늦기 전에

후회하는 일은 없어야 할 텐데….

51

자투리 땅이 남아 있거든 팔아먹지 말고 꽃을 심으라

베풀지 않은 사랑은 돌아오지 않는다

사랑을 받고 싶으면 먼저 사랑을 주어라.

주지 않은 사랑은 돌아오지 않는다.

존중 받고 싶으면 먼저 존중하라.

존중해 주지 않으면 존중 받을 수 없다.

복권에 당첨되고 싶으면 오늘 당장 복권을 사라.

사지 않으면 당첨될 일은 없다.

요가를 하고 싶으면 요가 매트를 사라.

매트가 없으면 요가 생각은 달아난다.

운동을 하고 싶으면 먼저 운동화로 갈아 신어라.

구두를 신고 운동할 수는 없다.

배우자의 사랑을 받고 싶으면 먼저 사랑을 베풀어라.

베풀지 않은 사랑은 돌아오지 않는다.

자식에게 효도받고 싶으면 먼저 효도하라.

효도하지 않고 효도를 바라는 건 도둑놈 심보다.

형제가 인색하다고 생각되면 먼저 온정을 베풀어라.

그리고 자신이 인색하지 않은지 돌아보라.

작가가 되고 싶다면 먼저 독서를 하라.

읽지 않고는 쓸 수 없다.

자투리땅이 남아 있거든 팔아먹지 말고 꽃을 심으라.

이웃을 위해 나비를 초대하면 그보다 멋진 일은 없다.

자식에게 재산을 남겨주고 싶다면 자신을 위해 쓸 것을 남겨두
고 베풀어라.

사과나무를 심어라.

사과가 열리면 후손이 따 먹게 하라.

감사하는 마음은 죽은 새도 살린다.

정원에 몰려든 새들에게 친절을 베풀자.

눈 쌓인 골목을 치우자.

내가 치운 길을 걸어가는 사람을 위해 축복을 빌어주자.

그 축복은 내게로 돌아온다.

52.

여자의 드림캐처(dreamcatcher)

아무런 대가 없이 해준 모든 일이 당신 삶에 헛되지 않도록 하라.

언젠가 모임에서 자신은 가족 서열 중 5번째라고 말한 지인이
있었다. 1위는 상전 남편, 2위는 잔소리꾼 큰아들, 3위는 투덜이
작은딸, 4위는 강아지, 5위는 하녀인 자신이란다.

우리는 그녀의 신박한 조크에 박수갈채를 보냈다.

살면서 한 번씩 난처한 입장이 될 때, 가령 다 키워 놓은 자식
입에서 엄마를 원망하거나 애써 뒷바라지해준 배우자에게 타박을
듣거나 할 때 우리의 자존감은 하찮아진다.

우리를 당연히 여기는 그들에게 동조하면서 자신에 대한 죄책
감과 불신을 표현한다.

우리는 우리 스스로를 그들보다 낮은 서열이라고 생각한다.

왜냐하면 스스로에 대한 자부심 대신 가족을 위해 일하고 뭔가를 할 때만 스스로 가치 있다고 여기기 때문이다. 내 서열은 1위다. 나는 한 번도 내 서열이 꼴찌란 생각을 해 본적이 없다.

일반적인 사회 통념은 돈과 관련해 서열을 매긴다. 이런 통념이라면 내 서열은 꼴찌가 맞지만 나는 그렇게 생각하지 않는다.

안주인의 자리란 디저트를 내오거나, 앞접시를 닦거나, 집에 초대한 사람들 비위를 맞추는 사람이 아니다.

그런 것만으론 전부를 설명하기에 턱없이 부족하다. 사회적인 편견은 우리의 눈을 가릴지 모르지만 그렇게 생각해서는 안 된다.

침대 곁에 걸어 둔 '드림캐처'는 아메리카 원주민들의 악귀를 쫓아낸다고 한다.

버드나무로 만든 고리에 끈을 거미줄처럼 엮어 만든 이 물건은 아이들 방에 들어오는 악귀를 쫓아낸다고 해서 행운의 상징물로 여겨진다. 우리나라로 치면 부적 같은 효과가 있다.

헌신적인 사랑을 퍼붓고도 제대로 된 평가를 받지 못한다면 우리가 그렇게 하도록 만든 것이다.

지금이야말로 자신의 드림캐처를 만들 시간이다.

아무런 대가 없이 해준 모든 일이 당신 삶에 헛되지 않도록 하라.

53

'배드 파파'는 외나무다리에서 만난다

아이의 양육비에 조건 같은 건 없다.

조건이 있다면 단 하나, 그것은 '사랑'이다.

아이를 낳고 키우는 일, 가정을 만드는 일은 혼자 선택한 일이
아니다. 서로 사랑한 남녀가 원했기에 이루어진 결과이다.

그럼에도 불구하고, 남자들은 이혼할 때가 되면 완전 딴 사람
이 된다. 믿음직스럽고 하늘에 별을 따다 주겠다고 약속했던 남자
들이 한순간 돌변한다. 사랑을 맹세했던 그들이 연민의 마음 없이
허울뿐인 인간으로 변할 때, 우리는 용서가 필요할 수도 있다.

파탄의 원인이 누구에게 있든, 책임은 모두에게 있다. 우리가
원해서 했든 원치 않았든 둘 사이에 자녀가 있다면 책임을 서로에
게 떠밀어서는 안 된다.

아이에게 무관심한 배드 파파에게 극도의 불안을 느끼고, 아이가 행복하게 살아가야 할 권리가 짓밟혀지고 있다면 함께 살아서는 안 된다.

어떤 드라마였을까. 잠결에 본 드라마 속 그 남자는 꽤나 멋있었던 걸로 기억한다. 지독한 말들만 쏟아내지 않았다면 평균적인 남자였다.

외제차를 팔아서라도 양육비를 달라는 아내에게 남자가 말했다.

"당신도 알지, 내가 그 차를 얼마나 사랑하는지."

'난, 아이 없인 살아도 그 차 없이는 못 살아.'

'그 차는 내 생명이라고.'

채울 수 없는 사랑을 기다리는 아이들이 있다. 아빠가 돌아오기만 기다리는 아이들은 아빠가 자신을 사랑한다고 믿는다.

아빠는 자신을 버리지 않았고 언제든 선물을 사줄 것이며 자신을 영원히 지켜줄 사라지지 않는 존재로 믿는다. 나는 감히 이렇게 말하고 싶다. 당신이 아이와 살지 않는다고 당신 아이가 아닌 것은 아니며, 아이의 아빠가 아닌 것은 아니라고.

이 사실을 깊이 알 수 있다면, 내 아이들에게 최선을 다해야 한다.

인생의 어느 지점에서 당신을 찾게 될 아이들에게 부끄러운 아빠가 아닌 멋진 아빠가 되자.

배드 파파는 10년 후든 20년 후든 외나무 다리에서 반드시 만난다.

아이의 양육비에 조건 같은 건 없다. 조건이 있다면 단 하나, 그것은 '사랑'이다.

parla piu piano 더 작은 목소리로 말해요

작은 목소리로 말하자.

서로를 신뢰하고

그 신뢰를 상대에게 돌려주자.

"더 작은 목소리로 말해요."

"쉿, 여보."

"조용히 말해요."

홀로 쉬면서 재충전을 할 때 쩌렁쩌렁한 남편 목소리는 부정할 수 없는 스트레스다.

목소리만 크면 장땡인 줄 아는 시댁 집안의 유전자는 사람 정신을 쏙 빼놓는다.

'까악' 소리를 질러야 잠잠해지는 목소리, 나는 사람의 목소리에도 영혼이 깃들어 있다는 사실을 알게 되었다.

우월한 유전자인 그 목소리는 작은 일도 큰 일로 만들어버린다.

비범한 그 재주란 이런 것이다. 야구 중계를 하는 아나운서도 방구석에서 야구 중계를 하는 저 사람을 따라 잡을 순 없을 것이다. 유감없이 들려오는 큰 목소리, 이야기를 하면 할수록 더 커지는 목소리는 우리 안에 있는 믿음을 잃어버린다.

엊그제 은행에서 똑같은 목소리를 내는 사람을 만났다. 아무 잘못 없는 은행 직원에게 다짜고짜 큰 소리를 치는 쩌렁쩌렁한 목소리였다.

주변 사람들이 놀라서 쳐다보고 순식간에 분위기를 압도했다.

작은 소리로 말해도 무난해 보이는 일들 같았다.

하지만 그 남자는 주변의 시선은 아랑곳하지 않았다. 마치 자신의 거실에서 자녀를 혼내듯이 험악한 분위기를 만들어 직원을 혼내고 있었다. 소위 말해 갑질이었다.

"그러니까 내가 말했잖아."

"은행이 말이야, 돈장사를 제대로 해야지 말이야."

주변 사람들이 아연실색하고 청원경찰이 다가와 주의를 줬다.

그런데 더 열을 올렸다. 얼굴이 벌겋게 달아오른 어린 여직원이 급기야 눈물을 쏟아내자 마치 기다렸다는 듯이 "아니 내가 아가씨를 혼내려는게 아니라…."

나는 기어이 한마디를 하고 말았다.

"아저씨, 목소리 좀 낮추세요."

"여기 아저씨 안방 아니잖아요."

두 눈에서 레이저 광선이 발사되고 경멸어린 눈빛은 나를 집어삼킬 것 같았다. 나는 눈에 더 힘을 주고 바라보았다.

여기저기 큰 목소리들이 넘쳐난다. 목소리만 크면 이긴다고 생각한다.

5초도 기다리지 못해 위협을 한다.

친절은 사라지고 욕구불만은 커지고 혼란과 무질서가 판친다.

작은 목소리로 말하자. 서로 신뢰하고 그 신뢰를 상대에게 돌려주자.

55

일단, 경험해봐!

재능은

스스로를 의심하는 사람과 의심하지 않은 사람으로 갈린다.

영국의 소설가 엘리어트는 이렇게 말했다.

"우리가 원했던 것을 이루기에 너무 늦은 때란 없다."

로랜스 굴드는 또 이렇게 말한다.

"남이 당신에게 관심을 갖게 하고 싶거든, 당신 자신의 귀와 눈을 닫지 말고 다른 사람에게 관심을 표시하라. 이점을 이해하지 않으면 아무리 재간이 있고 능력이 있더라도 남과 사이좋게 지내기는 불가능하다."

긴 세월이 지난 후 깨달은 한 가지 사실은, 사람마다 타고난 자신만의 재능이 있다는 사실이다.

나 역시 50이 넘어 글을 처음 쓰기까지 나에게 이런 재능이 있다는 사실을 알지 못했다. 때때로 우리는 자신이 가진 재능을 모른 채 다른 사람의 재능만 부러워한다. 옆에서 보기에 평범치 않은 재주를 가졌음에도 자신만 모른 채 살아간다. 그들은 신에게 의지할 필요도 없는 사람들이다. 달란트가 차고 넘치기에 바로 실행만 하면 되는 것이다.

손맛 좋기로 유명한 내 지인 역시 동네에서 알아주는 재주꾼이다.

그녀 집에 초대받아 그녀가 만들어 내는 음식을 보면 감탄사가 절로 나온다. 사람들과 유대 관계가 끈끈한 그녀가 만들어내는 특별한 음식들은 유쾌한 기분을 준다.

그녀가 만들어 내는 음식마다 '와!' 하고 탄성을 내지른다. 완벽 그 자체인 데코레이션에 칭찬을 하며 그녀 능력을 높이 평가하면 그녀는 이렇게 말한다.

'아휴, 이 정도도 못하는 사람이 어디 있어.'

재능은 스스로를 의심하는 사람과 의심하지 않은 사람으로 갈린다.

'재즈'를 발표해 노벨 문학상을 받은 토니 모리슨도 『먹고, 기도

하고 사랑하라』를 펴낸 '엘리자베스 길버트'도 글쓰기에 도전하지 않았다면 자신의 재능을 발견하지 못했을 것이고, 우리처럼 평범하게 살다가 죽었을 것이다.

'일단 한번 해봐.'

'되든 안 되든 저질러봐.'

평범한 일들을 비범한 일들로 만들어내는 것은 바로 해보는 것이다.

56

은은한 마음의 보톡스

나이 들수록 아름다워지는 여자들의 공통점은
그녀들만의 방법으로 은은한 보톡스를 맞는다는 것이다.

배우자나 연인이 우리에게 프로포즈했을 때를 기억해 보자.

세상을 경험하는 첫 순간의 우리들은 발그스레한 볼과 탱탱한
이마, 눈부신 피부를 가졌고 진실한 사랑으로 물들은 우리를 축복
하기 위해 정원의 나비들까지 몰려들었다.

'왜 이렇게 변해가지!'

'믿기지 않아!'

거울을 볼 때마다 절로 나오는 감탄사는 뭐라고 설명할 수 없는
외마디 소리다. 결혼 후 24년이 지난 지금의 나는 보톡스가 절실
하다.

덤으로 주름살을 손봐야 하고 축 처진 살도 치켜 올려야 한다. 노화가 진행되고 있다는 사실은 속아 산 세월만큼 유쾌할 리 없는 기분이 들게 한다. 변해가는 몸뿐만 아니라 깜빡이처럼 자주 잊어 버리는 정신은 앞만 보고 직진해가는 운전자처럼 시간은 진실에서 등을 돌린다. 약 한 봉지를 털어 넣고도 잠시 헷갈리는 지경이라니.

20대부터 알고 지낸 P. 50대 중반인 그녀의 시계는 거꾸로 가고 있는 게 분명했다.

"피부과 어디로 다녀?"

"피부과?!"

"난, 그런데 무서워서 못가."

"피부과를 안 가는데 그렇게 피부가 좋다고?"

나의 호기심은 그녀를 향해 속사포처럼 질문들을 쏟아냈고, 나는 마지막 질문에서 비밀을 알게 되었다.

그녀의 비밀, 흔한 피부과 한번 가지 않고 남다른 피부를 자랑하는 그녀의 비밀은 다름 아닌 생활 속 몇 가지 습관 때문이었다.

1. 쌀뜨물에 우유를 타서 아침저녁으로 세안을 한다.

2. 씻고 난 후 바로 보습제를 바른다.

3. 콜드크림으로 마사지를 (주 2회) 한다.

4. 수시로(하루 8컵) 물을 마신다.

5. 비타민D를 매일 섭취한다.

6. 오메가를 섭취한다.

7. 매일 자외선 차단제를 바른다.

8. 기능성 안티에이징 제품을 바른다.

9. 마음의 평정심을 유지한다.

10. 매일 운동을 한다.

시간을 거스를 순 없지만 '마음가짐'은 관리할 수 있다.

나이 들수록 아름다워지는 여자들의 공통점은 그녀들만의 방법으로 은은한 보톡스를 맞는다는 것이다.

57

떠났다 돌아와도 여전히 흘러가, 인생은

어떤 도둑놈이 내 마음 안으로 들어와 내 시 밭을
모두 헤집어 버렸다.

매일 습관적으로 서너 줄 정도의 시와 일기를 쓰고 있다.

읽고 쓰기에 강박이 있는 나는 하루라도 거르면 마음이 허전하
다.

외출할 때는 가방 안에 읽을거리를 챙긴다. 남들은 화장품이나
향수 자외선 차단제 같은 것을 챙기지만, 나는 읽을거리와 메모
종이를 챙겨야 마음이 편하다.

어디서든 떠오르는 생각과 잡다한 상념을 메모한다. 전철을 기
다리거나, 친구와 한 약속 시간에 먼저 나가 있을 때 이런 필기류
는 유용하다. 몇 년 전 중앙대학교에서 1년간 문예창작 공부를 할

때가 있었다. 그때 내 영감은 폭포수였다. 내가 시를 쓰기 위해 태어났을까 싶을 정도로 시 창작을 많이 한 것 같다. 대략 1,000편 정도의 시를 습작했다.

하지만 지금의 나는 그때만큼의 시를 쓰지 못한다. 시를 점점 잃어가고 있다. **어떤 도둑놈이 내 마음 안의 시 밭을 모두 헤집어 놓았다.**

내 덕분에 평생을 쏘다닌 남편은 현관문을 열고 나갔다 돌아오기를 반복한다. 시 한 줄 쓸 줄 모르지만 고뇌도 없다.

유부남인 그가 평생을 자유롭게 살 수 있었던 이유가 내 덕분임에도 불구하고 자신만 모른다. 어찌 보면 내 시가 도둑맞은 건 당연한 결과인지도 모른다.

시를 쓸 거야

가방에 몇 권의 책을 담을 거야

원피스도 한 벌 살 거야

블랙 말고 핑크색으로

신문은 그만 볼 거야

걱정도 이젠 지쳤어

같은 시간에 오는 우유도 지겨워

같은 시간에 오는 남자도 지겨워

핸드폰은 꺼둘거야

틀에 박힌 일상을 바꾸겠어

승용차 대신 자전거를 탈 거야

마을을 쏘다녀야지

별들도 세 볼 거야

달님과 인사도 나눠야지

낯선 사람과 수다를 떨 거야

아줌마 말고 아저씨 같은 인간이랑

떠났다 돌아와도

여전히 흘러가

내 인생은

58.

두 갈래의 길

그녀의 인생이 최상이라고 생각했지만,

그녀도 가끔 나를 부러워한다. 평범한 인생이지만

멋진 삶이라고 생각하기 때문이다.

부침개를 뒤집다가 속이 뒤집어지는 경험이 있을 것이다.

나는 이런 경험을 한 적이 있다.

TV를 보다가 친구를 발견했다. 길게 늘어선 줄 사이에서 S로고가 붙여진 블랙 원피스를 하늘하늘 입고 신문사 기자와 인터뷰를 하고 있었다.

명절을 해외에서 보내기 위해 시부모님과 함께 가는 길이었다.

그 순간 손등에 기름이 튀어올랐다.

마음 안에선 불길이 치솟아 오른다.

'먹지도 않은 전을 왜 이리 많이도 부친담?'

'요즘, 누가 전을 먹는다고?'

그 친구와 나는 출발선이 비슷했다. 그런데 결혼하고 나서부터 그 친구와 나는 달라졌다.

소위 금수저로 거듭난 그녀의 삶은 남편을 잘 만나 인생이 완전히 바뀐 케이스라 할 수 있다. 내 속도 모르고 방바닥에 배를 깔고 누워 있던 남자가 리모컨을 돌려대며 말한다. '뭐 먹을 거 없어?'

그녀는 금수저가 되고 난 이후, 가격표를 보지 않고 물건을 산다.

가격표도 보지 않고 백화점 옷을 고른다. 음식점에서 팁도 잘 낸다.

내게도 두 갈래 길이 있었다.

손바닥에 침을 튀겨가며 내 운명을 점쳐 보았을 때 침이 튄 이 길.

아무 죄 없는 불판위의 부침개들에게 성질을 부리거나 먹을 것을 달라는 남편에게 화풀이를 하거나 그녀만큼 살지 못하는 내 삶을 자책하는 평범하기 짝이 없는 길이었다.

큰아이가 초등학교 5학년일 때, '감사 일기'를 적은 적이 있다. 학교에서 내준 숙제였다. 나는 아이가 몇 개나 적을 수 있으려나 궁금했다. 그런데 아이는 이렇게 적어 냈다.

사랑스러운 엄마/ 따뜻한 햇살/ 잘 보이는 내 눈/친구보다 굵은 내 종아리/ 가지런한 내 이/ 맛있는 간식/ 아름다운 음악/ 내 친구들/ 귀여운 사촌들/ 날 예뻐해 주시는 할머니/ 잘 생긴 내 동생/ 화초/ 훌륭한 선생님/ 달콤한 핫초코/ 재미있는 이모들/ 멋진 외삼촌/ 내 곰돌이 인형/ 앙증맞은 내 화장대/ 코스모스 꽃/ 예쁜 우리 학교/ 귀여운 선생님/ 따뜻한 베란다/ 맛난 학교 점심 등.

그녀의 인생이 최상이라고 생각했지만, 그녀도 가끔 나를 부러워한다. 평범한 인생이지만 멋진 삶이라고 생각하기 때문이다.

그러니 이제 부침개 타령은 그만 접고, 돈 없는 시댁 타령도 그만 접고 운명의 점도 그만 보고, 내가 선택한 이 삶을 감사하게 꾸리고 가련다. 어떤 삶이든 누구의 삶이든 소중한 법이니까.

59

돈 쓰는 법

나는 한때 돈을 아낀다고 허리띠를 졸라맸을 때,

정신도 움츠러들고 영혼도 움츠러들었던 기억이 있다.

어렸을 때, 시골에 사는 집은 2층 다락방이 있었다. 계단 몇 계단을 타고 올라가면 입구에 노오란 황동 그릇이 늘 놓여 있었다. 엄마는 그곳에 10원짜리 동전을 수북이 쌓아 두었다. 나는 엄마 몰래 동전 몇 개를 학교에 가지고 갔다. 학교 수업이 끝나면 친구들과 문방구로 곧장 달려가 돈 없다는 친구의 과자까지 손에 쥐어 주고 너무 좋아서 한달음에 집을 향했던 기억이 난다.

손을 뻗으면 닿을 수 있는 그곳에 엄마는 왜 동전을 두었을까?

지금도 가끔 의문이 들지만 어쨌든 우리 형제는 그 동전으로 인해 먹고 싶은 과자를 사 먹곤 했다.

세월이 흘러 두 아이에게 경제 교육을 시킨답시고 일장 연설을 늘어놓곤 한다.

'애들아, 그러니까 돈이란 말이다.'

'지출을 잘해야 해.'

'세 번 생각하고 쓰란 말이야.'

'그러니까 돈이란 말이지.'

'라떼는 돈을 어떻게 아꼈냐면.'

누구나 빼다 박은 식상한 경제 교육에 넌더리가 난 아이들은 이제 하품만 늘어놓을 지경이다.

돈에 관련된 책을 찾아보면 모두 뻔한 레퍼토리다.

무조건 아껴야 한다. 지출을 줄여야 한다. 몇 번 생각해 보고 써야 한다 등.

나는 한때 돈을 아낀다고 허리띠를 졸라맸을 때, 정신도 움츠러들고 영혼도 움츠러들었던 기억이 있다.

가능성 있는 일에 도전할 때마다, 무의식의 깊은 곳에선 안 될 거야. '힘들어.'라는 부정적인 생각들은 모두 돈과 연관되었다.

작은 사업을 해보려 할 때도 돈이 마음을 지배하고 있었다.

해내야 할 가능성에 한계를 두게 한 건 모두 돈 때문이었다.

내가 아이들에게 가르쳐야 할 것은 무조건 절제된 지출이나 아끼는 것이 아닌, 즉 돈을 '잘 다스리는 마음'이었다.

아이들이 돈을 다스리게 해야 한다.

자신을 다스리듯 돈을 다스려야 한다.

돈을 쓸 때마다, 불필요한 죄책감을 느끼지 않게 하고 그런 감정을 거두어 내게 해야 한다. 사람에 대한 예의를 갖추듯 돈에 대한 예의를 갖추고 돈이 많은 일들을 해낼 수 있게 할 때 돈 쓰는 법을 알게 된다. 어릴 적 황금단지는 아직도 의문이지만 돈을 쓸 때만큼은 비굴하지 말라는 엄마의 가르침이라 생각한다.

60

여행자의 가방은 가벼워야 한다

여행자의 가방은 가벼워야 한다.

여행이든 사랑이든 가벼울 때, 자신을 속박하지 않는다.

설레는 마음에 잠을 설쳤다. 눈을 떠보니 새벽이다.

오늘은 엄마를 모시고 딸아이와 목포 여행을 하기로 한 날이다.

마음이 설레서 그런 걸까. 잠이 오질 않아 뒤척였던 밤이다.

여행을 가자는 제안은 딸이 먼저 해줬다. 엄마 몸이 하루가 다르게 변해가고 있으니 딸아이도 마음이 급했던 모양이다.

부스럭거리는 소리에 잠에서 깬 딸아이가 말했다.

"엄마, 짐 가볍게 싸."

"가져가 봤자 모두 짐덩이들이야."

그런데 나는 지금 여행 가방이 터지도록 짐을 싸는 중이다. 필요한 게 한두 가지가 아닌데 아이는 짐을 간단히 싸야 한다고 말한다.

여행 도착 후 막상 써야 할 물건이 없으면 그것도 낭패다.

여행이 지속되는 한 써야 할 물건이 없으면 어디로 사러 가거나 하는 것도 귀찮은 일이다.

목포 숙소에 도착해 짐을 풀고 짐들을 거실 구석에 몰아 두었다.

그리고 우리는 일정에 맞게 여행을 했다.

그런데 참 신기한 일은 필요해서 가져간 물건이 생각만큼 필요하지 않았다.

우리의 직관에서 멀어지는 이러한 행동들.

아름다운 곳을 볼 때마다 사진을 찍고, 눈에서 가까운 엄마 모습을 보지 못하는 이러한 직관은 행복에서 멀어진다.

사랑은 눈으로 담고 눈으로 보아야 한다. 행복한 여행을 하겠다고 싸들고 간 짐들이 우리의 행복을 방해한다면 그것은 직관에서 멀어진 것이다.

『잃어버린 시간을 찾아서』의 마르셀 푸르스트는 이렇게 말한다.

"진정한 여행이란 새로운 풍경을 보는 것이 아니라 새로운 눈을 가지는 것에 있다."

여행자의 가방은 가벼워야 한다. 여행이든 사랑이든 가벼울 때, 자신을 속박하지 않는다.

너의 이야기에
귀 기울이는
감사한 계절들

61

불빛은 내게 은혜를 베푼다

우리의 영혼이 살아 있는 한,

삶은 계속될 것이고

불빛은 내게 은혜를 베풀어줄 것이다.

평범한 일상 속에 좋아하는 한 가지를 덧붙여라. 당신이 불안에 휩싸일 때마다 안정감을 느끼게 해줄 한 가지.

그 한 가지는 당신을 구원할 것이다.

나는 문젯거리가 생기면 일단 그 문제를 미루어 놓곤 한다. 문젯거리가 너무 복잡하거나 스트레스를 불러오면 더 한동안 그 문제를 미루어 놓는다. 모두가 잠든 밤, 고요한 침묵만이 흐를 때 째깍째깍 흘러가는 시계 소리는 내가 좋아하는 소리다. 밤의 고요함을 즐기는 나에게 오늘도 불빛은 은혜를 베푼다.

느닷없이 울고 싶을 때가 있었다. 여러분도 그럴 것이다.

믿었던 친구가 떠나 버렸을 때, 신뢰했던 동료가 적군으로 돌변할 때, 부모님에게 상처받았을 때, 배우자에게 배신당했을 때, 위로받고 싶어질 때가 있다.

위로받고자 하는 그 마음은 그냥 말 그대로 토닥토닥 내 마음을 알아주었으면 하는 것이다. 물 고인 도로에 스며든 빗물이 증발하기를 바라는 것처럼 그냥 내 마음 좀 알아주었으면 하는 것이다.

어찌 보면 우리는 사랑받기 위해 태어난 것이 아니라 위로받기 위해 태어났다.

사랑받기는커녕 누군가가 위로만 해주어도 살아갈 것만 같다.

나는 좋은 사람이라는 평가를 받고 싶어, 내가 아닌 타인을 위로하며 살았다. 하지만 정작 위로해줘야 할 사람은 나 자신이었다.

우리를 소모시키는 사람들과 정신을 분산시키는 환경과 상황, 늘 뭔가를 해내야 한다는 강박관념 속에 하염없이 재촉하는 사람들, 우리가 가만히 있거나 뭔가를 해내지 않을 때 사회적인 기대치에 부응하라고 아우성인 가족과 주변의 지인들.

이런 사람들로부터 자신을 지킬 유일한 방법은 나를 위로하는 것이다.

우리의 영혼이 살아 있는 한, 삶은 계속될 것이고 불빛은 내게 은혜를 베풀어줄 것이다.

62

대한민국 위대한 짠순이 김 여사님

그녀의 삶이 경외스럽지 않다면 그것은 거짓말이다.

주식과 부동산으로 몇 십 억을 일군 친구 어머니에 대한 이야기를 들려주고자 한다.

몇 십 억의 자산을 일군 알부자였지만 그녀가 급성 심정지 상태로 119에 실려 갔을 때, 현관 앞에 놓인 그녀의 신발은 단 한 켤레였다. 그것도 너무 오래 신었던지 뒤가 닳아 해진 낡은 신발이었다.

단벌 신사였던 그녀는 신발도 한 켤레였다. 그렇게 위대했던 대한민국 위대한 짠순이 김여사 님은 하늘나라로 가셨다.

덧없이 돌아가신 어머니로 인해, 많은 돈을 상속받은 두 아들과 내 친구는 삼대에 걸쳐서 돈 걱정을 하지 않아도 될 팔자가 되었다.

나를 포함해 여자들은 돈 쓰는 데 왜 이리 인색할까?

철따라 남편과 아이 옷은 백화점에서 산다. 하지만 정작 자신을 위한 돈은 만 원짜리 한 장에도 벌벌 떨면서 스스로에게 인색하다. 게다가 열심히 계산기를 두들겨대는 그녀들의 머릿속엔 온통 이 생각뿐이다.

'이 돈이면 우리 아들, 옷 한 벌 살 수 있어.'

'이 돈이면 남편 재킷 하나 장만할 수 있는데.'

'이 돈이면 말이야.'

죄책감은 마음속 밑바닥에서부터 올라와 자유롭게 흐르는 사고를 막는다. 그때가 되면 마치 자신의 희생과 헌신이 당연한 것처럼 여겨지며 뭔가를 해냈다는 느낌이 찾아오기 때문이다.

아마 이 지구상의 모든 여자는 마음속에 죄책감을 장착한 채 오직 좋은 사람이 되려고 애쓸 것이다.

나 역시 스스로에 대한 죄책감이 떠나질 않는다.

내 옷 하나 살 때, 내 구두 하나 살 때, 이 죄책감 같은 감정이 따라온다.

흔히 여자들이 하는 실수 한 가지를 꼽으라면, 나와 함께하는 배우자나 가족이 내 마음을 알아줄 것이라는 착각이다.

내 경험에 비추어 보면, 지구상의 모든 남자는 그런 아내를 고

미워하지 않는다. 오히려 궁상떨고 산다며 핀잔을 준다.

대한민국 위대한 짠순이 김 여사님도 그랬다. 재산을 알뜰히 모으는 김 여사에게 아들과 며느리는 지지리 궁상떨고 산다며 타박하기 일쑤였다.

가난을 되물려주고 싶지 않았기에 그 마음이 어땠을지 짐작이 가고도 남지만 죽었다 깨어나도 자식은 모른다는 사실이 가슴 아프다.

독일의 철학자 '쇼펜 하우어'는 이렇게 말한다.

"돈이란 바닷물과 같다. 마시면 마실수록 목이 말라진다."

믿어지지 않을 정도로 많은 돈을 모았다면 자신을 위해 써야 한다.

자신을 위해 쓰고 또 쓰고 남은 돈은 자식에게 주면 된다. 게다가 어렵게 모은 돈을 남을 위해 쓰고 있다면 그것은 자신의 삶에 대한 항복이다. 돈을 아끼는 것이 자존심을 드러내는 일이 아니다.

알뜰했던 김 여사님, 남이 버린 물건을 주워 오고 볼펜 한 자루라도 꾹꾹 눌러 쓰고 , 검정 비닐봉지도 어딘가에 쑤셔 놓았다.

그녀의 삶이 경외스럽지 않다면 그것은 거짓말이다.

하지만 자신을 잃어버린 헌신은 철조망을 타고 올라가 시들어버리는 장미꽃과 같다.

63.

친절을 베풀어야 할 사람

지금 죽지 않아도 언젠간 죽는다.

아등바등 죽겠다고 덤벼들지 않아도

끝내는 죽는다는 사실을 알고서야

폭풍 속에 평온함을 유지한다.

오늘 아침 베고니아에 꽃이 피었다.

사실 이 꽃은 죽음이 예정되어 있었다.

잎사귀가 말라비틀어지고 뿌리도 진즉부터 썩었기에 회생 불가

한 꽃이었다.

'죽지 마.'

화분에 물을 줄 때마다 나는 이 꽃을 살리고 싶어 입 밖으로 이

말을 몇 번씩 했다.

part 4. 너의 이야기에 귀 기울이는 감사한 계절들 **205**

'죽지 마. 죽으면 안 돼.'

나 역시 죽고 싶어질 때가 있었다.

고백하기 부끄럽지만 '콱 죽어버리면 내 마음을 알겠지.' 싶어 시뻘겋게 달아오른 마음을 안고, 신호등 앞에 섰다.

그런데 막상 죽으려 하니 일기장 귀퉁이에 적어놓은 글귀가 떠올랐다.

'그래도 살아 있는 게 낫다.'

다음 날 또다시 신호등 앞에 섰다.

그런데, 막상 죽으려 하니, 이번엔 오기가 발동한다.

"죽긴 왜 죽어. 누구 좋으라고 죽어."

시간이 흐른 지금, 생각해 보면 놀라 자빠질 일 중 하나다.

절망에 사로잡힐 때마다 죽기를 선택한다면 이 세상에 살아 있을 인간은 단 한 명도 없을 것이다. 난처한 입장에 빠질 때마다 해답을 얻기 위해 우리가 선택한 일이란 고작 도망치는 것이었다.

지금 죽지 않아도 언젠간 죽는다. 아등바등 죽겠다고 덤벼들지 않아도 끝내는 죽는다는 사실을 알고서야 폭풍 속에 평온함을 유지한다.

주식으로 돈을 날려서

집을 팔아 버려서

집을 사지 못해서

배우자가 이혼을 요구해서

취업에 실패해서

입시에 실패해서

애인에게 배신당해서

죽고 싶은가.

살다 보면 이렇게 절망스러울 때가 있다. 마음은 그것을 부정해 버리거나 회피하거나 변명한다. 하지만 일단 살아 보라. 죽는 것보다 사는 게 훨씬 더 낫다.

인생이란 아이러니의 연속임을 알아야 한다. 막상 죽겠다고 하니 살고 싶고 살겠다고 하면 죽고 싶은 인간의 마음을 알 때 생각하는 것을 멈추게 된다.

우리가 친절을 베풀어야 할 사람은 바로 타인이 아니라 바로 '나' 자신이다. 자애롭고 따뜻하게 다정하고 친절하게 굴어야 한다.

남이 아니라 내게 그렇게 해 줘야 한다. 누구나 자신의 삶이 애틋한 법임을. 하느님도 부처님도 자신의 삶이 더 애틋하다.

64.

섹스리스인가요?

부부 사이에 섹스를 하고 있다면 당신의 삶은 축복받은 삶이다.
엉뚱한 곳에 눈을 돌리며 시간을 허비하지 말고
곁에 있는 배우자를 사랑해야 되돌려 받는 게 많다.

노화에 웃음이 좋다는 사실은 누구나 알 것이다. 하지만 나는
다른 이야기를 해 보고자 한다. 바로 섹스에 대한 이야기이다.

80대 초반인 부부를 만난 적이 있다.

다정하게 손잡고 산책을 하고 골프를 즐기며 그 연세에도 섹스
를 즐긴다고 말했을 때 나는 좀 더 넓은 시각으로 그 부부를 바라
보게 되었다.

한번은 그 부부가 이렇게 말한 기억이 난다.

"아내를 너무나 사랑해."

"죽을 때도 함께 죽고 싶어."

노부부들이 금술이 좋거나 사랑이 넘치는 부부 관계를 유지할 때 그들의 평온함, 평화로움, 기쁨 같은 감정들을 느낀다.

몇 십 년을 함께 산 부부에게 권태기는 피할 수 없는 과정이다.

사랑했던 사람이 어느 한순간 지루한 사람으로 변하고, 지금 사랑하고 있다는 사실조차 깨닫지 못할 수도 있다.

배우자가 러닝셔츠 차림으로 거실을 휩쓸고 다닌다고 생각해 보라.

아마 모르긴 몰라도 있는 정도 떨어질 것이다.

마찬가지로 부스스한 머리에 아무런 치장도 하지 않은 아내가 잔소리만 해댄다고 가정해 보라. 잠깐 스쳐 지나는 생각일지라도 이혼을 꿈꿀 것이다. 배우자에 대한 불만을 품는 그 순간부터 권태기는 시작되고 그러한 감정이 우리를 따라 다닐 때 부부와의 섹스는 우리가 싫어하는 행위로 변질된다.

당신은, 섹스리스 부부인가요?

부부 사이에 섹스를 하고 있다면 당신의 삶은 축복받은 삶이다.

결혼 생활에 꼭 성이 전부라고 말할 순 없지만 성이 빠진 결혼 생활은 사람들이 느끼는 스트레스, 불안, 자존감 저하로 이어진다.

대부분의 부부는 오래 산 세월의 두께 만큼 두터운 상처가 있다.

하지만 그 어떤 이유를 불문하고 당신의 결혼 생활에 섹스가 사라졌다면 지금이야 말로 MSG를 칠 시간이다.

엉뚱한 곳에 눈을 돌리며 시간을 허비하지 말고 곁에 있는 배우자를 사랑해야 되돌려 받는 게 많다. 사랑은 어느 한쪽의 희생이 아닌 주고 받는 것이기 때문이다.

'랍비 줄리어스 고든'은 이렇게 말한다.

"사랑은 눈 먼 것이 아니다. 더 적게 보는 게 아니라 더 많이 본다. 다만 더 많이 보이기 때문에 더 적게 보려고 하는 것이다."

부디 당신 인생이 앞으로 나아가기를, 다시 말해 인생의 모든 해결책은 지금 당신 곁에 있는 사람을 사랑하는 것임을 인정할 수만 있어도 인생은 앞으로 나아간다.

_____

65

며느리로 산다는 것

선 긋기란, 관계를 끊으라는 얘기가 아니다.

내 가정의 바운더리를 잘 쳐야 한다는 뜻이다.

나만 그럴까? 시월드라는 단어엔 고개가 절로 숙여진다.

그리고 예의를 차려야 할 것만 같은 기분에 사로잡힌다.

고개를 빳빳이 든 맨드라미처럼 포스 작렬인 대한민국의 시어머니들.

결혼 5년차에 접어든 민지에게 특별한 일이 생겼다.

광고회사에 다니는 민지는 학력도 높고 연봉도 세고 게다가 싹싹하기까지해서 시부모님의 사랑을 독차지한다.

민지는 비혼주의자였다. 정말로 사랑하는 사람이 아니라면 굳이 결혼은 하지 않겠다는 선언을 했다.

그런 그녀가 지금의 남편을 만나지 않았다면 비혼주의자로 살았을 것이다.

시부모님은 수도권에 위치한 30평대 아파트를 증여해 주셨다.

꽃길만 예견했던 민지의 삶에 문제가 생긴 건 다름 아닌 아파트였다.

어머니는 수시로 아들 집을 드나들었다. 어느 날은 아파트 비번을 열고 들어와 앉아 계신 적도 있었다. 깜짝 놀란 민지가 불만을 터트렸다.

"어머니, 오실 때는 미리 연락을 주셔야죠."

"말씀도 없이 이렇게 오시면 놀라잖아요."

"너, 그게 무슨 말이니?"

"내 아들 집에 오는데, 네 허락이라도 받아야 하니?"

"나는 아무 때나 올 자격 있다."

그러자 옆에서 그렇게 믿던 남편이 한술 더 떠 이야기한다.

"이 아파트 누가 해줬어, 그 정도는 참아야지."

오천 년 역사를 통틀어 가장 오묘한 관계가 있다면 고부관계이다. 불가사의하고 파워풀하고 어렵고 조심스럽고 그렇기에 늘 살얼음판을 걸어야 하는 관계.

대장 노릇을 좋아하는 시어머니라면 결혼 생활은 예견된 가시밭길이다.

시댁, 처가와 선긋기를 하라.

그것은 당신 가정을 지키기 위한 최소한의 방법이다. 시댁 처가와 분리가 안 된다면 트러블은 예정되어 있다. 부모의 개입은 당신의 결혼 생활에 아무런 도움이 안 된다. 당신이 세운 가정이 깨진다면 당신 책임이다.

결혼한 자녀에게 양가 부모님들은 이 5가지를 실천해 보자.

첫째, 반찬 해서 관리실에 맡기지 않는다.

둘째, 아무 때나 비번 열고 들어가지 않는다.

셋째, 집에 가서 청소해 주지 않는다.

넷째, 집안 살림에 간섭하지 않는다.

다섯째, 초대받았을 때만 간다.

사랑으로 시작한 관계가 원망으로 끝난다면 비극이다.

며느리에 대한 기대치가 높은 한국 사회에서 선긋기란 어려울 수 있다. 하지만 **선긋기란, 관계를 끊으라는 얘기가 아니다. 내 가정의 바운더리를 잘 쳐야 한다는 뜻이다.** 그 바운더리란, NO라고

말해야 할 때 말할 수 있는 용기이다. 시어머니이든 친정어머니든

마찬가지다.

66

배신당했을 때

하지만 그때 떠나 버린 남자를 찾아나설 게 아니라,

잃어버린 우리 모습을 찾아야 한다.

모든 것을 가졌지만 정말로 원했던 것을 갖지 못한 한 사람을 알고 있다.

불어난 체중으로 애인에게 배신당한 그녀의 소원은 평범했다.

여자들이 입는 일반 사이즈의 옷을 입는 것.

애인이 떠나고 다이어트에 돌입한 그녀는 요요 현상으로 고통을 받고 있다. 살 뺀다는 약을 모조리 샀고 저녁은 늘 굶었으며 불어난 체중은 그녀 삶의 많은 것을 변화시켰다. 자존감 높던 그녀가 남자에게 매달리기 시작할 때 자존심은 박살났다.

살을 뺄 테니 제발 떠나지 말라고 애원했지만 매몰차게 돌아선 그 남자는 다른 쪽 길을 걷고 있다.

살면서 배신당했을 때, 특히 애인에게 배신당했을 때 보이지 않은 안개가 우리를 가둔다. 자신이 형편없다고 느끼며 학대하고 괴롭힌다.

자신이 아무 쓸모없는 사람처럼 느껴지기도 한다.

하지만 그때, 떠나 버린 남자를 찾아나설 게 아니라, 잃어버린 우리 모습을 찾아야 한다. 우리는 그 어떤 배신이라도 견딜 수 있다.

하지만 자신의 모습을 잃어버렸다면 더 오랫동안 길을 잃을지 모른다.

분명히 말하지만 영원히 지속되는 배신은 없다.

진정으로 잃어버린 내 모습을 찾아갈 수 있다면 배신은 오히려 약이 된다.

제페토는 자신이 만든 나무 인형 '피노키오'가 사람이 되기를 소망한다. 그래서 그 나무 인형에게 사랑과 생명을 끊임없이 불어넣는다.

살아 움직이는 인형 '피노키오'는 뜻하지 않은 여러 가지 시련에 휘말린다. 결국 '제페토'를 고래 배 속에서 만나고 살려 내기 위해 결국 피노키오는 죽게 된다.

자신의 삶을 찾아가는 이런 용기 있는 행동은 하루아침에 되는 것이 아니다. 몇 번의 배신 끝에 깡이 생긴다.

용기 있는 행동이란 떠나간 남자를 잡는 게 아니다. 바로 잃어버린 자신의 모습을 찾는 것이다.

사람 만나는 일이 어렵게 느껴질 때 용기를 내는 것,

우리를 에워싸고 있는 절망은 극복되라고 있는 것이다. 자신을 찾게 되면 사랑은 또 찾아온다.

67

제주도, 여행을 마친 후

희생도 균형이 필요하다는 걸 뒤늦게 안 그녀는

제주도 여행을 마친 후, 기울어진 시소에서 내려오기로 다짐했다.

셰릴 자비스가 쓴 『결혼한 여자 혼자 떠나는 여행, 결혼 안식년』

에선 우리가 꿈꾸는 장밋빛 결혼이 현실 속에서 어떻게 발현되는

가를 여과 없이 보여준다.

그녀의 책에선 기혼녀의 '꿈'과 관련해 이런 내용이 있다.

"우리 대다수가 꿈을 실현시키지 못하는 것은 두려움 때문이다.

그러나 두려움 때문에 모험을 하지 않으면 우리에게 남는 것은 안

전에 대한 환상뿐이다."

진정한 안전이란 어느 날 갑자기 죽거나 떠나 버릴 수 있는 남

편에게서 오는 것도 아니고 반드시 떠나게 되어 있는 자식에게서

도 오지 않으며 점점 더 그 소용가치가 없어지는 직장에서 오는 것도 아니기 때문이다. 진정한 안전은 우리가 계속 재능을 계발하고 자아를 강하게 만들어갈 때 얻을 수 있다.

가족의 허락을 구해 제주 한 달 살이에 도전한 지인의 이야기를 해 볼까 한다.

그녀가 가장 먼저 걱정한 것은 남편의 밥이었다.

'남편 밥 어떻게 해?'

'혼자선 밥도 못 먹어.'

머릿속엔 온통 남편의 밥 걱정뿐, 다른 걱정은 없었다. 어렵게 얻은 기회를 날리고 싶지 않았던 그녀는 제주도에 도착한 저녁, 남편에게 전화하고 싶은 욕구를 꾹 참았다. 숙소에서 짐을 풀고 한숨 돌리자 만세 삼창이 절로 나왔다. '만세, 만세, 만세!'

이젠 밥 걱정을 하지 않으리. 제주도 이곳에서만큼은 절대 남편 밥 걱정을 하지 않겠다 다짐하며 그녀가 평소 하고 싶은 것들을 해 보기로 했다.

바닷가 걸어보기

돌멩이 주워보기

낯선 사람에게 인사 건네기

오솔길 맨발로 걸어 보기

소문난 음식점에서 밥 먹어보기

음악 크게 틀어 놓고 들어보기

미뤄두었던 책 읽기

그렇게 하나씩 아주 느리게 하는 여행이 끝나갈 무렵 남편에게 전화가 걸려왔다.

'어 당신, 더 있다가 와.'

'당신 없으니 나도 좋네.'

'아니 괜찮다니까. 괜찮다는 데도 그러네.'

로버트 프로스트는 말한다. "어머니가 소년을 남자로 만드는 데 20년이 걸리지만 여자가 남자를 바보로 만드는 데 20분도 안 걸린다."

퇴직 후 집에 들어앉은 남편은 하루 종일 밥 타령만 하는 바보가 되었다. 마치 밥을 위해 태어난 사람처럼 삼시 세끼를 챙겼다.

남편의 들뜬 목소리는 처음 듣는 목소리였다.

여자의 눈먼 환상은 착각에 불과한 걸까. 그녀가 밥 걱정을 하고 있을 사이 남편은 그녀가 더 늦게 오기를 기대했다.

인생은 추다 만 춤처럼, 오락가락할 때가 있는 법,

희생도 균형이 필요하다는 걸 뒤늦게 안 그녀는 제주도 여행을

마친 후, 기울어진 시소에서 내려오기로 다짐했다.

68.

모두 마음먹기 나름

자신의 인생을 살지 못하고 남의 인생을 따라가며 산다.

꽃이랄까 바다랄까 하늘이랄까

(중략)

새 우는 소리가, 하늘이 어둑어둑해지는 소리처럼

울려퍼진다

나는, 내가 좋은데 그러면서 커피를 마신다.

                        – 사이하테 타히, 「생일의 시」

귀엽고 발랄한 시다. 몇 번을 읽어도 사랑스러운 시다.

조금, 엉뚱한 제안을 해 보고자 한다. 이 제안은, 익숙한 우리의 눈을 다른 눈으로 바라보게 할 것이다. 그 다른 눈이란 바로 우리의 삶이 그럭저럭 잘 굴러간다는 사실이다. 생각해 보라. 우리의 삶은 괜찮다. 나쁘지 않다. 그런대로 잘 굴러가고 있다. 그런데 대부분의 사람은 남과 비교하며 사느라 자신의 삶에 초조해하며 안달 낸다.

자신의 인생을 살지 못하고 남의 인생을 따라가며 산다.

적어도 우리가 남의 인생을 기웃거리지만 않아도 반은 성공한 셈이다. 그들의 삶과 비교만 하지 않아도 우리 삶은 괜찮다.

되돌아보면 20대 때, 나는 공부 잘한 친구들이 그렇게 부러울 수가 없었다.

대학을 졸업하고 각자의 삶에서 친구들을 다시 만났을 때도 공부 잘하는 그 친구들이 부러웠다.

30대, 40대가 지나고 50대 중반에 접어든 지금의 나는 더 이상 그 친구들이 부럽지 않다.

나는 그들과 다르지만 나 역시 여러 가지 일을 해내고 있기 때문이다.

누구나 자신의 삶에 스스로가 어떤 의미를 부여하느냐에 따라 인생은 달라진다.

바쁘게 살아가는 것도 좋지만 천천히 살아가는 것도 좋다.

공부 잘하는 것도 좋지만 공부 아닌 다른 재능이 있을 수 있다.

출세하는 것도 좋지만 자신이 추구하는 삶을 살고 있다면 그것도 멋진 일이다.

자신의 색깔대로 자신의 스타일대로 살아가야 한다.

자신의 직업을 남과 비교하고, 오늘 아침 괜찮아 보이던 배우자가 오후엔 원수처럼 느껴지는가.

멋져 보이던 내 아들을 남의 자식과 비교하자 갑자기 뒤떨어져 보이는가.

괜찮아 보이던 회사가 퇴근할 무렵 어쩐지 마음에 들지 않은가.

"행복이란 밖에서 오는 행복도 있지만 자기 마음 안에서 향기처럼, 꽃향기처럼 피어나는 것이 진정한 행복입니다."

라고 말했던 법정 스님의 말씀을 새겨 보면서, 삶이 거창해야 좋은 것이라는 환상을 내려놓을 수만 있다면 행복은 모두 마음먹기 나름이다.

69.

'솔비'가 쏘아올린 공

당신을 흔들어대는 그들에게 흔들리지 않은 것이 이기는 것이다.

스트레스도 잘만 이용하면 약이 된다는 사실을 아는가. 적어도
내 경우는 약이 되었다.

첫 에세이를 출간했을 때 나는 심한 무기력증에 시달리고 있었
다.

사람을 만나는 것도 겁이 나 외출을 피했다. 다행히 기댈 수 있
는 '글쓰기'가 있어서 그 시기를 잘 견딘 것 같다.

가수이자 화가인 솔비 씨를 매스컴에서 본다. 그녀의 놀라운 능
력은 감탄을 자아낸다. 타고난 재능도 한몫하지만 절망의 순간을
찬란한 순간으로 만드는 그녀의 멋진 근성이 남다르다.

사람들은 누군가가 뒤에서 수군댈 때 길을 잃는다.

자신을 에워싸고 있는 사람들이 사방에 깔린 적으로 느껴진다.

그럴 때 무너지는 건 한 순간이다.

한 글자라도 더 써 보겠다고 노트북을 들고 다닐 때, 내 등 뒤에서 수군거리던 사람들은 생각해보면 나의 적이었다.

스트레스 Stress를 사전에서 찾아보면 이렇다.

'해로운 내외적 자극에 대한 생체반응으로 인간이 심리적 혹은 신체적으로 감당하기 어려운 상황에 처했을 때 느끼는 불안과 위협의 감정'이라고 나온다.

나는 그때 나를 응원해주지 않은 사람을 스승이라 생각했다.

남이 내뱉는 독설은 내게 약이 되어주었다. 사람들이 할퀼 때, 비난할 때, 뒷담화할 때, 중심에 서 있는 당신은 승자다.

당신이 꿈쩍하지만 않는다면 당신을 흔들어대는 그들에게 흔들리지 않은 것이 이기는 것이다. 멋있는 솔비처럼, 우아한 솔비처럼.

70

좋은 대학을 졸업하고 나면

지금 내 아이는 어떻게 펼쳐질지 모르는 미래와 싸우고 있다.

아이들이 어렸을 때 작은 지방에 살았던 나는, 자연을 무척 좋아해 근거리 소풍 가기를 즐겼다.

특별한 목적지를 두고 간 적은 없었다.

아이들을 차에 태우고 가다가 경치 좋은 곳을 발견하면 그날 그곳이 우리의 소풍지였다. 커피와 코코아차를 보온병에 담고 아이들이 먹을 간식거리와 내가 읽을 책 한 권을 담고 자연속에 아이들을 풀어 놓았다.

호기심 많은 큰 아이는 숲속 사방을 뒤지고 다녔다. 어디선가 솔방울을 한가득 주워와 탑 쌓기 놀이를 하고 바닥에 떨어진 나뭇가지를 들고 와 집을 지었다. 구걸하는 거지 모양새를 하고 온 작은 아이가 집을 만들다 소리를 질렀다.

"엄마 빨리 와 보세요."

"여기 개미 군대가 있어요."

아이의 손에 이끌려 달려가보니 한 무더기 개미 떼가 어딘가를 향해 가고 있었다.

"개미들아, 힘내!"

"힘내!"

대한민국의 사교육 1번지 강남 대치동엔 소아 정신과 병원이 즐비하다. 금쪽같은 아이들이 부모 손에 이끌려 오늘도 힘겨운 치료를 받기 위해 앉아 있다. 나는 대한민국에서 두 아이를 키우는 엄마로 살아가고 있지만, 10대의 아이들이 미치지 않고 살아간다는 것이 그저 용할 뿐이다.

혹독한 사교육 시장에 내 몰린 아이들, 충혈된 두 눈, 무언가에 이끌려 휩쓸리듯 떠밀려 다니는 아이들은 어른보다 더한 스케줄을 소화하느라 오늘도 힘겨운 사투를 벌인다. 좋은 대학을 나오면 무엇이 그들을 기다릴까.

해 저문 저녁 학원가, 내 아이가 저만치에서 걸어올 때 나는 눈물이 났다. **지금 내 아이는 어떻게 펼쳐질지 모르는 미래와 싸우고**

있다.

혹여 당신의 아이가 10대의 어린 아이라면 잠자고 있는 얼굴을 들여다보라. 세상에서 가장 예쁜 얼굴이다.

진부한 말처럼 들리겠지만, 어린 자녀가 있는 가정이라면 교육비의 일부를 아껴서 사교육 대신 여행에 도전해 보길 바란다.

개미군단에 박수를 보내고 솔방울을 주워보고 탑을 쌓아보고 나뭇가지로 집을 만들어 보자.

지금도 큰아이는 달빛 아래서 동생과 함께 다람쥐 잡기 놀이를 하던 때를 그리워한다. 늦기 전에 아이의 감성을 자극해야 한다. 로봇인간이 아닌 인간 냄새 폴폴 나는 아이로 키워야 한다.

71.

도와주지 말자

그녀를 도와주지 않는 것이 진정 그녀를 돕는 일이다.

취준생 딸아이의 방을 오늘도 정리한다. 방구석에 틀어박혀 열일을 하는 취준생 딸아이의 일상을 잠깐 소개해 보자면 이렇다.

유튜브를 틀어 놓고 음악을 틀어 놓고 잠시 책을 펼쳤다가 다시 덮어버리고 누군가와 통화를 하고 영어 공부를 하고 유령처럼 잠시 밖에 나갔다 돌아오고 다시 유튜브를 시청한다. 딸아이 방에선 많은 것들이 나온다.

기다란 머리카락, 잘려나온 손톱, 이리저리 흩어진 종이 조각들이 나온다. 우리가 어떤 문제에 직면해 있을 때, 대부분의 사람은 선택의 여지가 스스로에게 있다는 사실을 알지 못한다. 삶에 익숙해진 그녀는 스스로 필요한 것을 찾아 나서기보다 한 번도 경험하지 못한 두려움으로 자신을 가둔다.

하지만 그녀를 도와주지 않는 것이 도와주는 것이다.

어린 아이가 걸음마를 배울 때 부모는 대신 해줄 수 없다.

대부분의 사람들은 자신에게 선택권이 있다는 사실을 깨닫지 못한다.

자신의 선택 능력을 알아차리지 못한다.

자신이 얼마나 가치 있고 대단한 사람인지 도전해 보기 전엔 알지 못한다.

그녀가 세상 밖으로 문을 열고 나갈지 말지는 그녀 선택이다.

우리가 할 수 있는 일은 그녀를 기다려 주는 것,

그녀를 도와주지 않는 것이 진정 그녀를 돕는 일이다.

72

만약에~ 놀이

시간이 얼마 남지 않았다고 생각하면 삶은 위대해진다.
매 순간, 모든 것이 경이로워진다.

나는 가끔씩 (만약에)라는 놀이를 혼자 한다.

만약에 내게 시간이 얼마 남지 않았다면

만약에 내가 혼자가 된다면

만약에 복권에 당첨이 된다면

만약에 내 책이 베스트셀러가 된다면

만약에 남편에게 애인이 생긴다면

만약에 놀이는 예측할 수 있는 일들에 대한 설렘과, 예측할 수 없는 일들에 대한 두려움을 동시에 가져다 준다.

생각해 보라. 복권에 당첨된다는 상상만으로도 가슴이 얼마나 부풀어 오르는지, 만약 시간이 얼마 남지 않았다는 상상만으로도 시간을 얼마나 소중히 쓸지. 침대에서 벌떡 일어나 옷을 갈아입고 외출을 서두르며 뭐라도 한 가지 아이들에게 가르치기 위해 애를 쓸 것이다.

권태롭던 일상은 찬란한 일상으로 바뀌고, 미워하는 마음 안에 고마운 마음이 깃들 것이다. 그들이 내게 했던 좋은 기억만 간직하고 싶어 할 것이다.

서둘러 아이들에게 남길 리스트를 적고, 은행에 들어 있는 잔고 목록을 만들고 소액 주식 계좌를 정리하고 난 다음 아이들을 불러모아 삶의 방향을 제시할 것이다.

만약 남편에게 애인이 생긴다면, 부부의 세계를 다시 한번 찍을지도 모르겠다. 하지만 남편에게 복수하는 일은 그만둘 것이다.

한 번뿐인 인생 다시 한번 사랑을 해 보겠다는 남편을 위해 기꺼이 보내주겠다.

그런 소원은 들어주어도 괜찮다.

시간이 얼마 남지 않았다고 생각하면 삶은 위대해진다.

매 순간 모든 것이 경이로워진다.

73.

죽을 때까지 좋아하는 일

이 세상에 가장 행복한 사람은 죽을 때까지 좋아하는 일을 하다가

죽는 사람이다. 그는 죽었다 하더라도 불행한 사람이 아니다.

좋아하는 일을 하다 죽었으면 행복한 사람이었다.

'행복은 셀프입니다. 입꼬리를 살짝 올리세요.'

내가 사는 동네 가까운 약국 입구엔 이런 글귀가 붙어 있다.

미소의 치유력이란 실로 대단해 나는 그곳을 지나칠 때마다 정

말 내 입꼬리가 올라가 버리는 신기한 경험을 한다.

60대 중반쯤 되어 보이는 약사 선생님은 늘 싱글벙글이다.

약국도 돈 버는 곳이라 부침이 심할 텐데 매출엔 관심이 없나.

나의 호기심은 발동을 하기 시작했다.

"약사님은 늘 웃으시네요."

"약국 매출이 잘 나오나 봐요."

"아, 매출이요."

"좋아하는 일을 하니 즐거운 거죠."

나는 그날 분명 시간이 남아돌았다. 약사 선생님과 나는 의자에 걸터앉아 이런저런 얘기를 나누었다.

"제가 돈 벌려고 했으면 이 일은 안 했죠."

"저는 이 일을 좋아해요. 제 천직이에요."

평균수명 80이 넘은 시대를 살아가고 있다. 자신이 좋아하는 일을 하면서 80세까지 일한다면 긴 인생은 짧다.

적당히 살아 보겠다는 생각은 우리를 위험에 빠뜨린다.

이 세상에 가장 행복한 사람은 죽을 때까지 좋아하는 일을 하다가 죽는 사람이다. 그는 죽었다 하더라도 불행한 사람이 아니다. 좋아하는 일을 하다 죽었으면 행복한 사람이었다.

자신이 열망하는 일을 찾아 나서는 일은 멋진 일이다.

남들 눈에 좋아 보이는 일, 남들의 기대치에 부응하는 일이 아닌 내 고유한 직업에서 만족할 수 있는 삶,

이왕 하는 일이라면 자신이 좋아하고 미치는 일이어야 한다.

게다가 그 일과 사랑에 빠진다면 그보다 더 멋진 인생은 없다.

74.

인스타, 그 속의 사람들

그들은 모두 저녁 식사를 걱정하지 않아도 될 만큼
값나가는 물건으로 자신을 치장하며 최고의 모습을 보여준다.

"〈괜찮아요. 미스터 브래드〉라는 영화 속 주인공 브래드는 이상
주의자였다. 비영리단체에서 일하며, 자신의 삶을 소신 있게 살아
가는 우리 주변에 흔히 볼 수 있는 평범한 가장이다. 어느 날, 브
래드는 우연히 억만장자가 된 옛 친구를 보게 된다. 섬을 통째로
빌려 초호화 파티를 열고 있는 친구의 모습, 게다가 돈다발을 한
움큼 들고 멋진 여자들과 서 있는 모습이었다.

브래드는 그만 자괴감에 빠져 버리고 만다. 평범한 생활은 초라
한 생활로 그런대로 굴러가던 일상은 일순간 엉망진창이 된 기분
이다.

사랑하는 아내와 공부 잘하는 아들이 있었지만 순간 그것들은 보이지 않는다.

영화 속 '아나냐'는 브래드에게 이렇게 말한다.

"제가 살아온 인도에는 밥 굶는 아이들이 정말 많아요. 그런 아이들을 도와주는 일이 멋지지 않다면 도대체 뭐가 멋진 거죠? 브래드, 당신은 생각보다 많은 것을 가졌어요."

시도 때도 없이 올라오는 인스타 속의 화려한 사람들은 저마다 인생 최고의 모습을 보여준다. 외제차 옆에서 포즈를 취하고 있는 남자, 명품 로고가 찍힌 큰 가방을 보여주는 여자, 고급 시계를 찬 남자가 스테이크를 썰고 있다.

그들은 오늘 저녁 식사를 걱정 하지 않아도 될 만큼 값나가는 물건들로 자신을 치장하며 최고의 모습을 보여준다.

결혼식 한 번 멋지게 하겠다고 수천만 원의 빚을 낸 후배가 있었다. 몇 달치 월급을 쏟아부어 명품 가방을 샀다. 어깨 위에 큼지막한 로고가 찍힌 옷을 자랑하던 그녀가 파산하는 데 걸리는 시간은 불과 몇 년 되지 않았다.

인스타에 보이는 것이 삶의 전부는 아닐 것이다. 만약 그것이 삶의 전부라면 나는 지구 끝까지 올라가 할부로 모든 것을 끊겠

다. 가장 끔찍한 순간을 황홀한 순간으로 만들어버릴 자신이 내게
도 있으니까.

보이는 것이 전부가 아닌 아름다운 삶은 보이지 않는다.

75

나이 들어간다는 것

나이 들어간다는 것은, 이기적인 욕망을 덜어내는 것이다.

덜어낸 욕망을 잎사귀로 감싸 그늘 아래서 말리는 것이다.

나이 들수록 미소를 잘 짓고 너그러운 사람, 권위를 내세우지

않은 어른을 만나면 기분이 좋다.

하지만 대부분의 사람들은 나이 한 살이 더 들수록 권위로 착각

한다.

눈에 힘을 팍 주고 근엄한 표정을 짓는다.

며칠 전 전철을 타고 가다가 전철 안 분위기를 압도해 버리는,

한 어른을 본 적이 있다.

사람들로 붐비는 시간대였다. 어른이 서 있는 곳 앞에 여학생이

앉아 있었다. 갑자기 큰 소리로 이렇게 말하는 것이다.

"아 요즘 젊은 것들은 어른을 공경할 줄 몰라."

"도대체 가정교육을 뭘 배운 건지. 허허 참."

그 모습에 놀란 학생이 후다닥 다른 곳을 향해 나가 버리자, 더 큰 목소리로 혀를 찬다.

나이는 요술을 부리는 걸까, 주변에서 보내는 시선도 아랑곳하지 않고 자신이 하고 싶은 소리만 해댄다.

내 친구 아버지는 교직에서 정년퇴직을 하신 지 오래되었다.

주택의 정원 가꾸기를 하며 하루하루를 보내는 친구의 아버지가 매일 읽는다는 지갑 속 글귀를 소개해 본다.

1. 며느리와 딸을 차별하지 말 것

2. 친손주와 외손주를 차별하지 말 것

3. 어머니와 장모님을 차별하지 말 것

4. 아들과 사위를 차별하지 말 것

5. 내 생일보다 자식들 생일을 챙길 것

6. 내 생일보다 아내 생일을 챙길 것

7. 며느리와 사위를 조건 없이 사랑할 것

8. 아들, 딸 구별 말고 재산을 똑같이 나눌 것

9. 죽음을 겸손하게 받아들일 것

10. 아프다고 죽는 소리 하지 말 것

11. 나이 든 아내를 더 챙길 것

12. 어른이라고 대접받으려 하지 말 것

13. 하루에 한번 설거지할 것

14. 음식물 쓰레기 버릴 것

15. 이부자리 스스로 갤 것

나이 들어간다는 것은, 이기적인 욕망을 덜어내는 것이다.

덜어낸 욕망을 잎사귀로 감싸 그늘 아래서 말리는 것이다.

말린 그곳에 감사함이 들어찰 때, 나이 들어간다는 것은 아름다운 일이 된다.

76

그러니, 요청하세요

인생은 달콤하다고 말했던 어머니

모험을 시작할 수 있으니 즐거운 인생이라고 말하던 어머니

82세인 엄마는, 또래 친구들에 비해 건강한 편이다.

평소 병원에도 잘 가지 않은 그녀의 버릇은 아파도 아프다고 말하지 않는다. 그런 엄마가 병이 들었다.

그런데 이번에도 마찬가지로 아프단 소리를 하지 않는다.

모든 것을 숨기고 태연한 척한다.

자식들이 걱정할까 봐, 자식들에게 피해를 끼칠까 봐 자식들이 마음 졸일까 봐 자식을 다 키워놓고도 말하지 못하는 어머니.

여전사 같은 포스로 82세까지 잘 살아오신 어머니가 얼마 전부터 별 탈 없이 오르던 계단 앞에 한참이나 서 있다.

늘 다니던 미용실도 버거워하신다.

부모들은 우리를 어떻게 키웠을까. 열이 펄펄 나는 우리를 안고
택시보다 빨리 뛰었다. 썩은 동아줄은 물려주지 않겠다며 새 동아
줄을 손에 쥐어주었다. 그런 그녀가 아프다.

어머니,

해가 뜨는 방향을 맞춰봐요

저 멀리 바라봐요

당신이 보는 해는

당신의 손가락 사이에 걸쳐 있어요

인생은 달콤하다고 말했던 어머니

모험을 시작할 수 있으니 즐거운 인생이라고 말하던 어머니

우리를 위해

매일 불을 밝히고

기도드리고

신을 찾던 어머니

이름 모를 새들에게도

길고양이에게도

미소를 건네주던 어머니

나는 혼자가 아니에요.

혼자가 아니었어요

혼자가 아닐 거예요

어머니가 있는 한 나를 에워싸고 있는 모든 것 속에

당신이 서 있어요.

그러니 지금,

자식들에게 요청하세요

77

개새끼, 밍크에 대해서

살면서 하지 말아야 할 단 한 가지는,

선한 사람을 억울하게 만드는 일이다.

아주 어렸을 적 친구 집에 놀러갔다가 갑작스레 뛰쳐나온 개 때문에 한바탕 소동을 일으킨 경험이 있다. 그래서일까.

큰 개들이 곁을 지나가면 등골이 오싹해진다.

그런데 얼마 전 '강아지를 키워보지 않을래?'라는 지인의 권유를 받았다. 꼬리를 흔들며 다가오는 밍크는 내 마음 안으로 훅 들어왔다.

나와 가족이 되고 싶은 걸까. 처음 보는 내게 꼬리를 살랑거리는 그 강아지가 어쩐지 멀게 느껴지지 않는다.

그렇게 내 마음 안으로 훅 들어온 강아지, 그 이름 밍크.

밍크 주인이 내게 밍크를 소개했다.

"밍크는 얌전해요."

"사람도 안 물어요."

"얼마나 젠틀한 개인지."

나는 '젠틀한'이라는 단어에서 밍크를 바라보았다.

산책로엔 입막음을 하지 않은 개들이 자주 보인다. 어제도 본 것 같다. 내게 다가올까 봐 겁을 잔뜩 먹고 조심조심 걸을 때 그 개의 주인장이 말했다. "야, 그쪽으로 가면 안 돼?"

밍크를 가족으로 받아들인다면 밍크가 내게 지켜야 할 몇 가지는 이런 것이다.

첫째, 사람을 물지 않을 것

둘째, 으르렁대지 않을 것

셋째, 피해를 주지 않을 것

가능할지는 모르겠지만 밍크가 사람을 억울하게 만든다면 그것처럼 견디기 힘든 일은 없을 것이다. **살면서 하지 말아야 할 단 한 가지는, 선한 사람을 억울하게 만드는 일이다.**

78.
_____

잘한 선택

주식을 해 봤기에 위험을 알게 되었고 공부할 수 있었다.

집을 팔아본 사람은 다음에 더 좋은 집을 살 수 있다.

'그때, 주식하지 말걸.'

'그때 회사 나오지 말걸.'

'그때 그 집 파는 거 아니었어.'

이런 회의감이 쌓이다 보면 불만은 분노로 바뀐다.

나는 준비가 안 된 채 주식을 했다가 폭망한 적이 있다. 다행히 금액이 크지 않아 생활에 큰 타격은 없었지만 지금 생각해 보아도 아찔한 경험이다. 이 망할 놈의 주식을 어쩌다 하게 되었을까.

우리는 일을 망치고 난 후 '그때 그 일은 하지 말았어야 했는데.' 라고 후회한다. 별것 아닌 것으로 치부해 버리기엔 이런 실수가 너무나 많다. 하지만 할까 말까 하는 생각이 든다면 해 보길 권한다.

갈까 말까 가보길 바란다. **주식을 해 봤기에 위험을 알게 되었고 공부할 수 있었다. 집을 팔아본 사람은 다음에 더 좋은 집을 살수 있다.**

그러니 당신의 선택을 존중해 주기를.

살면서 스스로 내린 결정이 완벽할 순 없다.

아무리 신뢰하는 일이라 할지라도 허점은 있게 마련이다. 문제가 생길 때마다 과거로 돌아가지 않고 지금 현재에 있다면 당신 선택은 제대로 된 선택이다.

79.

이제야 진짜 어른으로

내가 행복하고 나를 잘 대접할 때 따라오는
꽤나 단순하지만 명료한 것이 행복임을 알게 되었다.

나는 지금 다른 때와 다른 삶을 살고 있다. 나를 둘러싼 상황은
변하지 않았지만 내 마음은 예전과 다르다.

이 책을 내놓기 전 나는 내 잠재력과 재능, 사랑할 수 있는 마음
에 대해서 의문이 많았다.

완벽한 결혼 생활을 끌고 가야 한다는 마음도 있었다. 주위의
시선이나 낙인찍힌 이름 그런 것이 내 삶에 들어올 때 완벽한 엔
딩을 기대할 수 없을 것이라는 마음 때문이었다.

최근에 나는 어떤 삶이 가장 이상적인 삶일까에 대해서 생각해
보았다. 우연히 TV를 보다가 내가 좋아하는 조수미 선생님이 어

느 프로에서 젊은 날 인생을 막 살아보지 못한 것이 후회가 된다는 말을 했을 때 섬광처럼 내 머릿속에 2가지 생각이 떠올랐다.

첫 번째, 절대 후회하지 말자. 어떤 일을 시작하거나 끝낼 때 아쉬움이 남더라도 딱 거기까지. 후회하지 말자.

두 번째, 죄책감을 느끼지 말자. 싱크대에 그릇이 쌓여 있을 때, 아이들의 기분이 안 좋아 보일 때, 배우자가 우울해 보일 때 그들이 느껴야 할 죄책감을 내가 달고 살 때 내 마음 안엔 분노가 있었다.

많은 일들을 해내고 있음에도 '할 만큼 하고 있다'고 스스로 말해주지 못했다.

하지만 이제야 진짜 어른이 된 것 같다.

최근에 건강한 몸을 만들기 위해서 운동을 시작했다. 그림도 그리고 있다. 생각보다 행복했다. 늘 꿈꿔오던 건강한 삶이란 남으로부터 오는 것이 아닌 나로부터 왔다. **내가 행복하고 나를 잘 대접할 때 따라오는 꽤나 단순하지만 명료한 것이 행복임을 알게 되었다.**

80

더 좋은 날들이 우리에게

살아 있으니 고마웠던 날들,
더 좋은 날들이 우리를 기다립니다.

배우자와 자녀를 위해 희생하고 헌신해온 당신의 삶,
당신을 에워싸고 있는 주변의 문제들, 혼란스러움, 걱정, 불안,
염려들로부터 멀어져라.

그리고
지금 이 순간,
눈을 감아 보라.

지금 당신은 어떤가.

만족한가.

사라 밴 브래스낙 작가는 『혼자 사는 즐거움』이란 책에서 여자는 네 개의 방에서 살아 볼 것을 권유한다.

소박하게라도 그런 공간을 만들면 당신의 감정선에 변화가 올 것이다. 나는 네 개의 방 중 하나는 즐겁게 '놀 수 있는 방'으로 꾸며보고 싶다.

몇 권의 책을 바닥에 흐트러뜨리고, 말린 꽃을 액자에 넣고, 말 두 마리가 그려진 그림을 벽에 건다. 불을 밝히면 잃어버렸던 우리의 자아를 만난다. 우리의 자아는 잃어버린 게 아니다. 없어진 게 아니다. 단지 잊고 산 것이다. 나보다 너를 나보다 가족을 나보다 남을 배려했기에 잊어버렸다.

나는 가끔 비행기가 추락하는 꿈을 꾼다. 추락하는 비행기 속에서 아이를 구한다. 그리고 나는 죽어 버린다.

살면서 늘 잘못된 계산을 해 왔기에 꿈속에서조차도 나를 구하지 못하고 아이를 구하다 죽는 것이다. 정말 잘못돼도 한참은 잘못된 계산법이다. 우리는 아이를 구하기에 앞서 나를 먼저 구해야 한다. 그래야 아이도 가족도 모두 구할 수 있다.

어젯밤, 말린 꽃을 액자에 담았다. 봄에 받은 꽃선물을 벽에 걸어두고 말린 꽃이었다.

이 꽃은 나와 친구가 되어줄 것이다. 하지만 향기는 예전만 못하기에 이 꽃이 예전의 꽃이 아님을 알지만.

인생이란, 지금 우리에게 무슨 일이 일어나고 있는지 아는 것이다.

엄마의 기념비에 두 줄 정도의 소회를 밝혀도 좋으리.

살아 있으니 고마웠던 날들,

더 좋은 날들이 우리를 기다립니다.

마치며

이 글을 마칠 때쯤 어머니의 소식을 접했다. 어머니는 얼마 남지 않은 시간을 보내고 계신다.

자존심이 센 나의 어머니, 유머와 위트가 넘친 내 어머니와 이야기를 나누면 나는 늘 밀리기 일쑤였다.

어머니가 계셔도, 어머니가 떠나도

우리를 근심하게 하는 문제들은 일어날 것이다.

어머니가 계셔도 어머니가 떠나도

우리는 상처받고 다시 사랑할 것이다.

짧은 한순간만이라도 소중한 사람과 나눌 수 있는 지금 시간에 감사하며 현재로 돌아올 때 삶은 빛난다.

"그동안 뭐 했어? 건강도 안 돌보고?"

"그러게 말이다."

"그런데, 걱정하지 마라."

"살다 보면 더 좋은 날들이 우리에게 온단다."

세상의 모든 어머니, 아름다운 그녀들에게

이 책을 바친다.

2023년 정명